W0377550

Krabbentaucherkacke!

Oder: Ein Sommer auf Lumpensand

1. Auflage 2016
© Ueberreuter Verlag GmbH, Berlin 2016
ISBN 978-3-7641-5080-8

Alle Rechte vorbehalten. Das Werk darf – auch teilweise – nur mit Genehmigung des Verlages wiedergegeben werden. Übereinstimmungen und Ähnlichkeiten mit lebenden Personen oder Familien sind rein zufällig und nicht beabsichtigt.

Coverillustration und Umschlaggestaltung: Ina Hattenhauer
Druck und Bindung: Interak, Czarnków
Gedruckt auf Papier aus geprüfter nachhaltiger Forstwirtschaft.

www.ueberreuter.de

Ina Rometsch & Martin Verg

KRABBEN TAUCHER KACKE!

Oder:
Ein Sommer auf Lumpensand

ueberreuter

Die wichtigsten Personen

Nicola Mustermann, 12 Jahre, schreibt Songs, wo er geht und steht. Färbt sich die Welt mit lila Brillengläsern schön. Besucht zurzeit seinen Freund Max auf Lumpensand.

Max Lüders, auch 12 Jahre, Nicolas bester Freund und Praktikant in der Vogelschutzstation Lumpensand. Fliegt auf Federvieh, hat einen Möwenschrei als Klingelton.

Valentine Uhudel, 11 Jahre, genannt Vally. Kommt aus Wien und den Jungs vor wie eine ahnungslose Großstadt-Tussi. Sehr zu unrecht.

Dark Dönnerschlach, Leiter der Vogelschutzstation und Valentines Onkel. Beschäftigt sich viel mit Guano, zu Deutsch: Vogelkacke.

Krista Redder, Leiterin des Umweltamtes Lumpensand und Vermieterin der Schutzstation. Stammt aus einer alten Inselfamilie.

Johannes Blank, Geschäftsmann und Konzertveranstalter. Liebt den großen Auftritt und schätzt ein gepflegtes Äußeres.

Arfst Okke Labersen, genannt AOL. Inselreporter mit unterentwickeltem Gespür für Mode, aber gutem Riecher für die nächste Story.

Etwa 1000 Krabbentaucher, possierliche Seevögel, deren nächste Verwandte Trottellumme und Marmelalk heißen.

1. Kapitel

Samstag, 8. August, 18.38 Uhr

Im normalen Leben mochte Nicola Mustermann sich nicht besonders gern. Er fand sich einfach zu »un«: irgendwie ein bisschen zu un-sportlich, seine Haare ein bisschen zu un-stylebar, und wenn er versuchte, ohne Brille klarzukommen, sah er alles ein bisschen zu un-deutlich.

Aber jetzt war nicht das normale Leben. Jetzt war nicht die Zeit für »un«. Jetzt stand Nicola auf einer Open-Air-Bühne auf der Promenade von Lumpensand. Hinter ihm rauschten die Nordseewellen auf den Strand. Vor ihm lag der halbrunde Kurplatz, umstellt von Hotels, Cafés und Souvenirläden. Dort drängten sich bestimmt 200 Menschen und starrten ihn an. Mindestens. Wenn nicht 300. Und Nicola sah sie gestochen scharf, denn er trug seine nagelneue lila Sonnenbrille mit Korrekturgläsern, minus 5 Dioptrien stark.

»Moin! Wir sind Nicola und die Hochdruckgebeats aus Hamburg«, rief Nicola ins Mikrofon. Das hatte er zu Hause vor dem Spiegel geübt. Noch ein »un«: Nicola war meistens etwas un-sicher. Doch seine gut einstudierten Posen täuschten darüber hinweg.

Aus den Boxen wummerten die ersten Bassnoten, ein paar Takte später wippten alle mit, und auf allen Gesichtern, in die Nicola blickte, machte sich ein Lächeln breit. Denn das Publikum sah nicht einen kleinen, rundlichen Jungen. Sondern einen Typen, der saugut rappen konnte. Und hinter ihm: die Hochdruckgebeats, seine Band! Jule am Bass, Tom am Schlagzeug, David am Laptop. Sie machten ihre Sache super. Aber der Hingucker war Nicola. Wenn er sich zur Musik bewegte, sah er vollkommen locker und glücklich aus. Und das war er auch.

Der Song-Wettbewerb der Insel Lumpensand hatte Bands aus ganz Norddeutschland angelockt. »Dein Lied für Lumpensand« hieß die Ausschreibung zu der Veranstaltung. Der Song des Gewinners sollte jedes Mal gespielt werden, wenn die Fähre vom Festland im Inselhafen anlegte. Nicola hätte von dem Wettbewerb vermutlich nie erfahren, wenn nicht sein Freund Max ihm den Link zur Ausschreibung gemailt hätte.

Max Lüders war vor einem Jahr mit seinem Vater von Hamburg nach Lumpensand gezogen. Jetzt stand er im Publikum und sang aus voller Kehle den Refrain mit:

Kauf mir ein Ticket raus nach Lumpensand
Insgesamt die schönste Insel hier im Abendland.
Ey verdammt, es bringt mich glatt noch mal um den Verstand.
Lumpensand hat sich in mein Herz eingebrannt,
es entflammt. Lumpensand: Ich sprüh's an jede Häuserwand!
Dann geh ich barfuß raus ins Deichvorland
Und zähl den Fischbestand am weißen Strand!

Der Applaus nach dem Song war so laut, dass sich später Anwohner beim Bürgermeister über die Lärmbelästigung beschwerten. Nicola strahlte, als er von der Bühne kletterte.

»Hey, ihr wart super!«, sagte Max.

»Danke, weiß ich«, grinste Nicola breit.

Noch ein »un«: Nicola kam manchmal ziemlich un-bescheiden rüber. Nur gute Freunde wie Max wussten, dass das größtenteils Fassade war. Nicolas Trick, seine Unsicherheit zu überspielen.

Die Hochdruckgebeats hatten die Bühne geräumt. Ein Scheinwerfer ging an, und ein sonnengebräunter Mann in Jeans und weißen Segelschuhen joggte zum Mikrofon. Am Gürtel trug er einen faltbaren Regenschirm, so wie ein Polizist seinen Schlagstock. Der Jogger mit dem Schirm rief: »Ein heeeeerzliches Dankeschön an alle Bands, die schon aufgetreten sind! Applaus, Applaus!«

Klatschen und Johlen aus dem Publikum.

»Wer mich noch nicht kennt, meine Name ist Big Joe Blank, ich bin – unter anderem, höhö – der Organisator des Wettbewerbs. Und ich habe die Ehre, unsere letzten Teilnehmer anzusagen. Es werden gleich die Brisenboys spielen, eine Band aus Lumpensand, echtes Inselgewächs!«

Johlen und Klatschen aus dem Publikum.

»Wir machen aus technischen Gründen zehn Minuten Umbaupause, dann geht's weiter mit den Brisenboys! Applaus!« Big Joe Blank blieb grinsend auf der Bühne stehen, die Arme ausgebreitet, als wollte er die Menge vor sich segnen. Offenbar fühlte der Mann sich dort oben wohl. Sein Blick schweifte genüsslich über die

Köpfe zu seinen Füßen. Dann fiel ihm wohl ein, dass er nichts mehr zu sagen hatte. Er winkte noch einmal ins Publikum, dann joggte er von der Bühne, wie er gekommen war.

»Komm, wir gehen mal kurz an den Strand, mir ist es hier zu eng«, sagte Max.

»Okay«, nickte Nicola. Er wusste, dass Max Menschenmengen nicht ausstehen konnte. Dass er sich das Gedränge vor der Bühne angetan hatte, nur um die Hochdruckgebeats anzufeuern, rechnete Nicola ihm hoch an.

Sie schoben sich zwischen den Zuschauern hindurch Richtung Seebrücke. Doch schon nach wenigen Schritten versperrte ihnen eine knallrote Windjacke den Weg. Darin steckte ein junger Mann. An den Füßen trug er Tennissocken und Sandalen, um seinen Hals baumelte ein Band. Auf das Plastikschild, das daran hing, hatte jemand etwas krakelig *PRESSE* geschrieben.

»Hi, ich bin von *lumpenblog.com*, dem Inselblog! Ich möchte dich interviewen«, rief die Windjacke Nicola zu.

»Äh, klar, meinetwegen, gerne«, stotterte Nicola. Ein Interview! Damit hatte er nicht gerechnet.

»Gut, erzähl mal was über deine Band. Wie heißt ihr noch mal?« Der Inselblogger richtete die Kamera seines Handys genau auf Nicolas Gesicht.

»Wir sind ›Nicola und die Hochdruckgebeats‹ aus Hamburg.« Das fing ja gut an: Der Typ hatte sich nicht mal den Bandnamen gemerkt!

»Und wer ist dieses Mädchen?«

»Das Mädchen? Das ist Jule, die Bassistin.«

»Nein, nicht die. Ich meine, wer ist Nicola?«

Nicola schoss das Blut in die Wangen. Natürlich, das musste ja kommen! »Äh, das ist kein Mädchen. Das bin ich.«

»Ach so. 'tschuldigung. Wieso hast du denn einen Mädchennamen?«

Nicola hasste diese Frage. Wieso stellte dieser Mensch sie nicht seinen Eltern? In Italien heißen ganz viele Jungen so, wollten sie ihm immer weismachen. Aber er hatte eine Antwort parat – dieselbe, die er schon gefühlte zehntausend Mal gegeben hatte: »Na, weil ich nie Cola trinke.«

»Hä?« Der Inselblogger ließ verwundert die Kamera sinken, einen Moment lang filmte er nur noch Nicolas Knie.

»Nie Cola. Ni-cola. Sonst noch Fragen?«

»Äh, ja … witzig! Was hat euch zu dem Song inspiriert?«

Damit konnte Nicola schon mehr anfangen. »Ich habe ›Ticket nach Lumpensand‹ geschrieben, weil mein bester Freund mir immer von der Insel vorgeschwärmt hat. Max wohnt nämlich auf Lumpensand, seit einem Jahr schon. Und so wie er es beschreibt, habe ich mir immer gewünscht, meine Eltern würden mit mir auch herziehen. Das Lied ist meine Liebeserklärung an die Insel.«

»Gute Antwort«, sagte der Inselblogger gönnerhaft und machte seine Kamera aus.

»Das Interview stelle ich heute nach der Siegerehrung online. Also falls ihr gewinnt, meine ich. Woran ich allerdings ganz fest glaube. Du machst dich echt gut auf der Bühne.« Der Blogger legte eine betont lange Pause ein, wobei er sich den Presseausweis auf der Jackenbrust zurechtrückte. »Kannst sogar singen.«

Nicola lächelte. »Danke für das Kompliment«. Doch da hatte sich der Inselblogger schon umgedreht und war grußlos davongegangen. Nicola blickte ihm kopfschüttelnd hinterher. Der Reporter war unhöflich und kurz angebunden gewesen. Und dann die Socken! Komische Figur. Aber immerhin, ihm hatte Nicolas Lied gefallen.

»Arfst Okke Labersen!« Max' Stimme riss Nicola aus seinen Gedanken.

»Was für'n Ding?«

»Arfst Okke Labersen, so heißt der Typ. Arfst wie darfst, Okke wie Glocke«, erklärte Max. »Das ist Friesisch vom Feinsten. Darfst ihn aber gern AOL nennen, dann freut er sich.«

»AOL? Big Joe? Nee, klar! Die nehmen sich hier wohl ganz schön wichtig.«

»Leider ja«, sagte Max. »Aber immerhin berichtet AOL auf seiner Internetseite über alles, was auf der Insel passiert.«

»Was wahrscheinlich nicht rasend viel ist«, grinste Nicola.

»Auch wieder wahr«, sagte Max.

Es kratzte aus den Boxen, und Nicola sah zur Bühne. Dort stand die nächste und letzte Band des Wettbewerbs: die Brisenboys. Es war die einzige Band von der Insel, drei Gymnasiasten mit Keyboard, Schlagzeug, Gitarre, Seitenscheitel und gebügelten T-Shirts. Nicola kannte sie nicht. Aber schon nach ein paar Takten taten ihm die Ohren weh. Der Gesang war schief, die Gitarre verstimmt. Die Brisenboys schien das nicht zu stören, sie schmetterten ihren Song, als hörten sie nicht, wie schräg es klang. Dazu lächelten sie unschuldig wie Chorknaben und blickten versonnen knapp über die Köpfe der Zuschauer hinweg. Dass Nicola sie durch seine Sonnebrille ganz in Lila sah, machte die Sache nur einen winzigen Hauch erträglicher.

Oh Lumpensand,
mein Heimatland!
Dein Dünensand
ist mir bekannt!

Argh … Heimat und Dünen? Nicola verzog das Gesicht. Der Text war wirklich schwach. Schade. Andererseits – vergrößerte das nicht seine Chancen auf den Sieg? Vielleicht war es ja ganz gut, dass diese Band war, wie sie eben war. Hauptsache, den Brisenboys macht's Spaß, dachte er. Er sah zu Max. Der hielt sich mit beiden Händen die Ohren zu und zog ein Gesicht, als würden ihm ohne Betäubung sämtliche Zähne gezogen.

Der Sänger trällerte jetzt irgendetwas vom Himmel über Lumpensand. Dazu wackelte er mit dem Po und klatschte in die Hände.

Wackel, wackel, klatsch.

Wackel, wackel, klatsch.

Jetzt hob er die Hände über den Kopf.

Wackel, wackel, überkopfklatsch.

Wackel, wackel, überkopfklatsch.

Er reckte einen Arm noch höher und begann, mit großer Geste Richtung Himmel und Horizont zu winken.

Wackel, wackel, wink.

Wackel, wink, wack… irgendetwas brachte ihn plötzlich aus dem Rhythmus. Der Sänger stellte das Po-Wackeln ein. Er starrte mit halb offenem Mund zum Himmel, seine Augen weiteten sich.

»Achtung! Schietsturm!«, brüllte er und warf sich mit einer gekonnten Rolle rückwärts, die Nicola diesem Pinsel niemals zugetraut hätte, unter das Keyboard.

Die Musik brach ab. Nicola hörte über sich ein lautes Flattern. Er schaute nach oben – in einen riesigen Schwarm kleiner, schwarz-weißer Vögel. Im selben Moment platschte ein Regen aus Vogelscheiße über Zuschauer, Band und Bühne. Ein weißer Kotsprotzer landete direkt auf Nicolas Brillengläsern, er sah nur noch schmierige Schlieren.

»Runter«, rief Max und zog ihn zu Boden.

2. Kapitel
Samstag, 8. August, 18.59 Uhr

»Alter, was war das denn?« Nicola war wieder aufgestanden und wischte sich die Brille an seinem T-Shirt ab. Was die Sache kaum besser machte, da das Hemd ebenso bekleckert war. Wie auch seine Hose, seine Schuhe, seine Mütze. Die Attacke hatte höchstens eine halbe Minute gedauert, dann war der Spuk vorbei gewesen. Der Vogelschwarm war in Richtung Meer gezogen, hatte dort eine weite Rechtskurve gedreht und war dann aus Nicolas Blickfeld verschwunden. Er sah sich um. Überall hockten Menschen, halfen einander wieder auf die Füße und begutachteten ihre Kleidungsstücke. Wer Taschen- oder vielleicht sogar Badetücher bei sich hatte, weil er den sonnigen Tag bis zum Musik-Wettbewerb noch am Strand verbracht hatte, versuchte mehr schlecht als recht, sich von dem weiß-schleimigen Gesprenkel zu befreien, das nicht nur die Menschen, sondern auch die Bühne und die Dächer der umstehenden Häuser flächendeckend eingeregnet hatte.

Auf der Bühne waren die Brisenboys unter ihren Instrumenten hervorgekrochen. Der Sänger sagte irgendetwas ins Mikrofon. Doch Nicola verstand kein Wort, offenbar hatte die Kack-Attacke einen Kurzschluss in der Technik ausgelöst. Jedenfalls blieben die Lautsprecher stumm.

Jemand fasste ihn an der Schulter, Nicola fuhr herum. Es war nur Max.

»*Alle alle.*« Sein Freund lächelte schief.

»Alle? Was alle?« Manchmal war Max echt komisch.

»*Alle alle*, zu Deutsch: der Krabbentaucher. Gehört zu den Alkenvögeln, sozusagen der Pinguin der Nordhalbkugel. Kennst du Papageientaucher? Das sind nahe Verwandte. Trottellummen und Marmelalke auch.«

»Marmel... kann sein. Aber stopp, jetzt bitte keine Biostunde. Erklär mir lieber, was das gerade war. Irgendwie sieht hier keiner so richtig überrascht aus.«

Nicola blickte sich noch einmal um. Die Brisenboys waren inzwischen nicht mehr allein auf der Bühne, der Typ, der sich »Big Joe« nannte und als Veranstalter ausgegeben hatte, hatte sich dazugesellt und redete auf die nun nicht mehr ganz so gut gescheitelten Jungs ein. Als Einziger weit und breit war der Kerl nicht von oben bis unten vollgekackt. Kein Wunder, der Regenschirm hing auch nicht mehr zusammengefaltet an seinem Gürtel, er hielt ihn aufgespannt in der Hand.

Vor der Bühne parkte jetzt ein orangefarbenes Elektromobil der Lumpensander Müllabfuhr. Autos waren auf der Insel verboten, als Ersatz dienten batteriebetriebene Wägelchen, mit denen sonst Golfspieler von Loch zu Loch eiern. Dieses Exemplar war mit einem langen Saugrüssel ausgestattet. Eine Putzcrew in ebenso orangefarbenen Overalls machte sich mit Hilfe des Geräts daran, den Boden von Spritzern und Sprotzern zu befreien. Der abgesaugte Kot landete in einem großen Kanister auf dem Müllwagen.

»Stimmt«, sagte Max, »auf solche Schietstürme ist die Insel mittlerweile gut vorbereitet. Sie passieren seit ungefähr fünf Jahren, seit es die Kolonie gibt. Wir schätzen, es sind ungefähr 1000 Tiere. Habe ich dir nie davon erzählt? Die Vögel nisten eigentlich gleich vor unserer Station auf einem Felsen im Meer, keine 500 Meter vom Strand. Übrigens sehr ungewöhnlich, die sind eigentlich in der Arktis zu Hause. Viel weiter im Norden.«

Unsere Station. Max meinte vermutlich die Vogelschutzstation am anderen Ende der Insel, wo er seit letzter Woche ein Praktikum machte. Nicola musste lächeln. Wenn Max von Vögeln sprach, leuchteten seine Augen, als wäre er verknallt. Das war schon früher so gewesen, als sie beide noch in Hamburg gewohnt hatten. Da hatte es sich aber meist um kranke Kohlmeisen und verletzte Spatzen gedreht. Jetzt, wo sein Freund quasi Tür an Tür mit Möwen, Austernfischern, Kormoranen und, ja, auch diesen komischen Krabbentauchern lebte, war das offenbar noch viel heftiger geworden.

Max riss seinen Freund aus den Gedanken: »Warum die Viecher immer mal wieder solche Luftangriffe fliegen, weiß keiner genau. Wir erforschen das zwar, aber nicht einmal Dark weiß –«

»Dark?«

»Doktor Dark Dönnerschlach, ja. Das ist mein Chef, der leitet die Station schon seit 20 Jahren oder so. Keiner weiß mehr über Seevögel als er.«

»Dark Dönnerschlach. Das ist doch kein Name. Erst Arztlocke …«

»Arfst Okke!«

»… und dann Dark Dönnerschlach! Spielt der bei *Star Wars* mit, oder was?«

»Cola, hör auf zu lästern, okay? Dark ist ein ungewöhnlicher Name, mag sein. Aber wer Nicola heißt …«

Nicola grunzte. Sein Freund überraschte ihn immer wieder. Es war leicht, Max zu unterschätzen. Er war eigentlich immer zurückhaltend, oft erschien er sogar schüchtern. Aber in Wahrheit war er schneller im Kopf als die meisten, die Nicola kannte. Und als Nicola selbst.

»Okay«, beschwichtigte er, »Dark tappt auch im Dunkeln. Und weiter?«

»Na ja, viel mehr gibt es nicht zu sagen. Die Krabbentaucher kommen angeflattert, kacken alles voll und zwitschern wieder ab. Auch wenn du es noch nicht wusstest, das hat sich rumgesprochen. Es gibt Leute, die machen nur deswegen Ferien auf Lumpensand, die Kamera immer im Anschlag. Wer Glück hat, kann einen echten Youtube-Hit landen. Hättest du vielleicht in euren Songtext einbauen sollen, das –«

»Hallo?! Haaaaalloooo?!«

Die beiden Jungen drehten sich um. Die Stimme kam, etwas dünn, von der Bühne, es war der Typ mit dem Regenschirm. Beziehungsweise jetzt ohne, denn er hatte das vollgekotete Teil auf einem der großen Lautsprecher abgestellt. Wieder ruderte er mit den Armen, diesmal nicht mehr wie der Papst, eher wie ein Torwart vorm Elfmeter. Die Verstärkeranlage hatte sich offensichtlich dauerhaft verabschiedet.

»Sehr verehrtes Publikum, ich bedauere den Zwischenfall. Es scheint, als hätten diese blöden Schei… unsere kleinen fliegenden Freunde einen Kurzschluss verursacht. Wir müssen den Wettbewerb leider an dieser Stelle abbrechen. Die Jury wird ein andermal tagen, denn jetzt wollen alle erst mal duschen! Das Ergebnis des Wettbewerbs wird dann baldmöglichst bekannt gegeben. Noch mal einen großen Applaus für unsere Lokalmatadoren, Applaus für die Brisenboys?! Bri! Sen!! Boys!!!«

»Na, toll. Und wer hat jetzt gewonnen?«, sagte Nicola mehr zu sich selbst.

»Noch keiner, hast du doch gehört«, sagte Max. »Geduld, Cola. Komm, wir gehen erst mal nach Hause, morgen ist auch noch ein Tag.«

»Ja, aber morgen ist meine Band nicht mehr da. Die müssen heute das letzte Schiff kriegen und zurück nach Hamburg. Soll ich etwa ohne die anderen zur Siegerehrung?«

Max sah ihn nachdenklich an. »Stimmt«, sagte er schließlich. »Ist schon blöd.«

»Komm«, Nicola zuckte mit den Schultern, »lass uns den dreien wenigstens Tschüss sagen.«

Zehn Minuten später hatten Nicola und Max sich von den Hochdruckgebeats verabschiedet. Die Band schipperte zurück ans Festland, und Nicola blieb auf der Insel. Nicht ganz freiwillig. Seine Eltern waren gestern für zwei Wochen in den Urlaub gefahren. Ohne ihn. Sie hatten eine Studienreise nach Österreich gebucht, Titel: »Barocke Beichtstuhlschnitzerei in Südosttirol«. Nicola, so fanden sie, sei derweil bei seinem besten Freund Max auf Lumpensand viel besser aufgehoben als bei ihnen und den Schnitzereien.

Das fand Nicola eigentlich auch. Nur wünschte er sich, sie hätten ihn vor dem Kauf ihres Flugtickets nach seiner Meinung zu der ganzen Sache gefragt. Dann hätte er ihnen erzählen können, dass Max in den ersten Ferienwochen gar keine Zeit für Besucher hatte. Sein Praktikum bei der Vogelschutzstation hatte er seit Monaten geplant. Und so ahnte Nicola schon jetzt, dass er seinen Inselaufenthalt wohl vor allem mit seiner Gitarre verbringen würde, statt mit seinem besten Freund.

»Wenigstens kommen wir noch rechtzeitig zum Abendbrot«, sagte der jetzt. »Und ich rechtzeitig ins Bett, morgen früh um halb acht lässt Dark antreten. Vogelkot sammeln.«

»Waaaaas … du sammelst Kacke ein? Toller Ferienjob, Max. Nee, echt: gratuliere!«

Doch Max fuhr offenbar ungerührt fort: »Ja, wir nehmen regelmäßig Proben von unserer Kolonie. Die untersucht Dark dann im Laborraum in der Vogelschutzstation. So hofft er, irgendwie den Grund für diese mysteriösen Schietstürme herauszufinden.« Er machte eine kurze Pause und sah Nicola herausfordernd an: »Am besten kommst du morgen mit, dann siehst du selbst, was wir da eigentlich tun.«

Nicola schnaubte. »Ich soll Vogeldreck von den Felsen kratzen? Um halb acht Uhr früh? Ganz bestimmt!«

»Na, du kannst es dir ja noch überlegen.« Max lächelte seinen Freund an. »Komm, jetzt gehen wir erst mal nach Hause.«

Und gemeinsam marschierten sie weg von der Bühne, der Strandpromenade, und dem Schlachtfeld, das die Krabbentaucher hinterlassen hatten. Sie gingen über die Hauptstraße des Dorfes in Richtung Salzwiesen, wo Max und sein Vater wohnten.

Dieser Aufsatz handelt von der Nacht, in der ich dachte, dass die Welt untergeht. Wenn meine Mutter gewusst hätte, welche Katastrophe da vom Meer her auf uns zurollt – sie hätte mich niemals losgeschickt. Aber sie ahnte es nicht. Ich ahnte es nicht. Niemand ahnte es. Dabei kenne ich Stürme, ich kenne auch schwere Stürme. Wer auf den Inseln lebt, wird mit Stürmen groß. In jedem Herbst, in jedem Frühjahr und manchmal dazwischen nagt das Meer am Land. Meist bleibt es dabei. Dann vertilgen die Wellen ein paar Meter Strand, der Wind nimmt ein paar Dachziegel mit. Nicht der Rede wert, so ist das eben hier draußen. Anderswo gibt es Schneelawinen. Oder Autounfälle. Schnee haben wir selten auf Lumpensand, Autos nie. Wie also hätten wir wissen sollen, dass diese eine Sturmflut schwerer werden sollte, als jede, die wir bisher erlebt hatten? Diese Flut hätte mich fast mein Leben gekostet. Es wäre ein frühes Ende gewesen. Ich war erst 14 Jahre alt.

3. Kapitel

Sonntag, 9. August, 5.58 Uhr

Am nächsten Morgen wurde Max bei Sonnenaufgang wach. Nicola schlief noch. Er lag auf einer Luftmatratze, der Inhalt seines Rucksacks neben ihm auf den Holzdielen verstreut – eine Hügellandschaft aus Socken, T-Shirts, Badelatschen und Hosen, gespickt mit unzähligem Krimskrams. Max sah unter anderem:

– eine Taucherbrille mit Schnorchel

– einen gewaltigen Schlüsselbund

– eine Riesentüte Erdnüsse mit Schale

– ein Paar dicke, knallrote Kopfhörer

aus dem Chaos ragen. Max fand sein Zimmer eigentlich ziemlich geräumig. Aber seit Nicola gestern eingezogen war, schien es irgendwie geschrumpft zu sein.

Max blickte durch das Dachfenster nach draußen. Wieder ein wolkenloser Tag. Unter ihm im Garten flatterte die Wäsche an der Leine. Nach dem Schietsturm hatten Max und Nicola ihre dreckigen Sachen gleich in die Waschmaschine geworfen. Jetzt schlackerten sie blitzsauber in der Morgenbrise.

Max balancierte um Nicolas Klamottengebirge herum, schnappte sich Unterhose, Shorts und T-Shirt aus dem Schrank und zog sich leise an. Er schlich Richtung Zimmertür, machte einen großen Schritt über Nicolas Kopfhörerkabel, das sich dort zwischen Schreibtischstuhl und Bücherregal verheddert hatte, verlor das Gleichgewicht – und: bäng! – stieß mit dem Fuß an Nicolas Gitarre, die neben der Matratze auf dem Boden lag. Bei seinen Auftritten benutzte er sie nie, aber Nicola brauchte sie zum Song-Schreiben. Jetzt schepperten ihre sechs Saiten einen verstimmten Akkord.

»Hey, super Song, Max!« Nicola setzte sich auf und sah seinen Freund aus verschlafenen Augen vorwurfsvoll an.

»Tut mir leid. Guten Morgen«, erwiderte Max.

Nicola rieb sich die Augen, riss den Mund auf, dass Max für einen Moment fürchtete, sein Freund würde sich gleich den Unterkiefer ausrenken, und lugte aus dem Fenster. »Ha hiha hoha hohich!«, sagte er.

»Ja, klar. Und jetzt bitte noch mal auf Deutsch?«

»Ich meine, das wird ja total sonnig heute!«, wiederholte Nicola. Diesmal ohne dabei zu gähnen. »Zu Hause in Hamburg ist das Wetter bestimmt nicht so schön.«

»Dann komm doch mit zu den Vögeln«, schlug Max vor. »Wir haben eine Hängematte, da drin kannst du einfach weiterschlafen.«

»Echt, so was gibt's da?«

»Ja, es stehen ein paar ganz alte Bäume an der Schutzstation. Bestimmt 200 Jahre alt. Total selten so etwas auf den Nordseeinseln, darauf ist ganz Lumpensand stolz. An zwei Bäumen hat Dark eine Hängematte aufgehängt.«

»Hm, klingt nicht übel«, erwiderte Nicola. Nach einer kleinen Denkpause fuhr er fort: »Ich komme mit!« Dann durchwühlte er seinen Kleiderhaufen nach etwas zum Anziehen.

Die Holztreppe knarrte leise, als die Jungen ins Erdgeschoss hinuntertappsten. Aber sonst war alles ruhig in der »Villa Wattwurm«. Die fünf Gästezimmer in dem alten Reetdachhaus waren zwar komplett ausgebucht, doch vor halb acht ließen sich die Urlauber selten im Frühstücksraum blicken. Die schlummerten alle noch tief und fest. Max und Nicola schlichen in die Küche und rührten sich einen Kakao an.

Da hörten sie Schritte auf dem Flur.

»Oh Gott! Wie furchtbar!«

Max erkannte die Stimme seines Vaters.

»Verstehe. Oje.«

Offenbar telefonierte er. Und er klang nicht so, als hätte er Spaß an dem Gespräch.

»Na dann, gute Besserung!«, sagte Max' Vater, als er im Türrahmen auftauchte. Er schob das Telefon in die Hosentasche. »Guten Morgen, ihr zwei! Frau Ircksen hat sich den Fuß gebrochen«, sagte er.

»Oh«, sagte Max.

Frau Ircksen hieß die Frau, die seinem Vater dabei half, für die Gäste das Frühstück zu machen. Das tat sie nun schon seit einem Jahr – seit Max' Eltern sich hatten scheiden lassen, Max und sein Vater von Hamburg auf die Insel gezogen waren und Max' Vater die

»Villa Wattwurm« übernommen hatte. Frau Ircksen war unersetzlich. Vor allem jetzt, in der Hochsaison.

Vater Lüders hatte also ein Problem.

»Ich habe ein Problem«, sagte er nachdenklich.

Dann wurde er hektisch. »Verdammt ... Ich muss sofort zum Bäcker und die Brötchen abholen! Das macht sonst immer Frau Ircksen!«

»Das können wir doch erledigen, Papa«, sagte Max. »Du kümmerst dich um die Küche, und wir liefern das Brot, okay?«

»Wirklich? Danke, das ist eine große Hilfe!« Max' Vater klang sichtlich erleichtert und begann eiligst, die Frühstückstische zu decken.

Max nickte Nicola zu: »Auf geht's, Cola. Ich muss nur noch ...« Er klopfte seine Hosentaschen ab, dann sah er sich suchend in der Küche um.

»Was ist?«, wollte Nicola wissen.

»Hast du meinen Schraubenzieher gesehen?«

Nicola sah seinen Freund bloß stumm an. Schraubenzieher! Max ging auf, dass seine Frage ziemlich merkwürdig klingen musste. Er beeilte sich mit der Erklärung: »Mein Fahrrad, so eine alte Hollandgurke. Wenn man beim Schalten einen Gang überspringt, fliegt die Kette manchmal raus. Die ist aber in einem Metallkasten, sodass du nicht drankommst. Außer eben mit einem Schraubenzieher.«

»Aha.«

»Ja, genau. Ich wollte schon längst in die Werkstatt damit. Aber –«

»Mein lieber Sohn«, unterbrach Max' Vater, der wieder in der

Küche aufgetaucht war. »Ich drängle nur ungern. Aber es wäre ganz toll, wenn ihr jetzt, also: jetzt sofort die Brötchen holen könntet. Die ersten Gäste kommen bestimmt gleich runter.«

»Geht klar, Herr Lüders.« Nicola zog seinen Freund am Ärmel Richtung Haustür. »Musst du heute halt ein bisschen aufpassen beim Schalten.«

Zehn Minuten später lieferten die Jungen wie versprochen einen großen Korb frischer Brötchen in der Küche ab. Kurz darauf machten sie sich auf den Weg, quer durch den kleinen Ort und über den Dünenweg Richtung Oststrand.

In dem flachen Gelände konnte man die Vogelschutzstation schon von Weitem sehen. Sie stand umringt von einem Grüppchen windschiefer Buchen, nur ein schmaler Dünenstreifen trennte sie vom Strand. Das zweigeschossige Holzhaus war der einzige Bau weit und breit – wenn man mal von dem hässlichen Sendeturm weiter hinten in den Dünen absah, über den alle Telefon- und Internetverbindungen der Insel ans Festland gefunkt wurden. Das Haus der Vogelschützer war das bunteste auf der ganzen Insel. Dark Dönnerschlach hatte es auf jeder Seite in einer anderen Farbe gestrichen: Die Nordseite blau, nach Osten hin orange, nach Süden lila und im Westen grün. Dazu leuchtete jeder Fensterrahmen in Knallrot. Obendrauf lag um einen geziegelten Schornstein das Reetdach aus verwitterten Schilfhalmen wie eine verfilzte Perücke, auf der Sonnenseite zum Teil verdeckt von einem großen, schwarz-glänzenden Rechteck aus Sonnenkollektoren. Mit deren Hilfe konnte das Haus im Winter geheizt werden, wie Max seinem Freund erklärte. Die einzige andere Möglichkeit war ein offener Kamin. Aber Max hatte noch nie gesehen oder auch nur davon gehört, dass der jemals benutzt wurde. Außer als Lagerfläche für Pappkartons voller Papiere, das sogenannte Archiv.

Von den Salzwiesen aus sah Max jetzt die grüne Hauswand. Im ersten Stock ragte ein Stückchen quietschgelber Balkon hervor. Von dort aus hatte man freie Sicht auf das Meer und zu dem Felsen, auf dem die Krabbentaucher nisteten.

Max checkte seine Armbanduhr: Viertel nach sieben, sie waren früh dran. Der Leiter der Schutzstation hatte angekündigt, ab halb acht vor Ort zu sein. Der Fahrradständer war jedoch noch leer, Dark also noch nicht da. Der Mann würde heute nicht viel Zeit haben, das hatte er Max schon gesagt. Er musste später am Vormittag auf eine Beerdigung und anschließend zum Festland, um seine Nichte vom Flughafen abzuholen. Sie würde drei Wochen Urlaub auf der Insel machen und bei ihm wohnen.

Die Jungen radelten über den holprigen Feldweg an der Abzweigung mit dem Wegweiser »Zum Strand« vorbei, weiter Richtung Schutzstation. Max zeigte auf die Buchen, deren Äste sich in die Höhe reckten wie krumme, knotige Hexenfinger. Sie dienten den Vogelschützern als Kletterbäume, Schattenspender, Hängemattenhalter. Max liebte sie.

»Cola, dort vorn wartet deine Hängematte«, sagte Max.

»Sehr gut, ich könnte gut ein Nickerchen gebrauchen.«

Max erkannte jetzt deutlich die Blumenkästen mit Gartenkräutern vor den Fenstern im Erdgeschoss – darin zog das Team der Station Thymian, Rosmarin und Oregano. Die Kräuter kamen immer zum Einsatz, wenn die Vogelschützer nach einem langen Sommertag an der Feuerstelle Fisch und Würstchen grillten. Max musste an den letzten Lagerfeuer-Abend denken, und es kam ihm vor, als stiege ihm wieder der Duft von Holzkohle und Gegrilltem in die Nase.

Er bremste. Sie waren am Ziel, die Jungen parkten ihre Räder.

»Was stinkt denn hier so?«, fragte Nicola. Max schnüffelte. Tatsächlich! Er hatte es sich also gar nicht eingebildet: Es lag wirklich ein sonderbarer Geruch in der Luft. Irgendwie verkokelt.

»Das muss noch von unserem Lagerfeuer sein«, erwiderte er. Aber irgendwie leuchtete ihm seine Antwort selbst nicht ein. Der letzte Grillabend lag Tage zurück, und jetzt war es morgens um kurz nach sieben. Da grillte kein normaler Mensch.

»Alter, gibt's bei euch Vögeln immer Bratwurst zum Frühstück, oder was?«, fragte Nicola.

»Nee, keine Ahnung … außerdem ist hier niemand. Außer Dark und mir sind alle zu einem Kongress nach Hamburg gefahren. Expertentreffen der weltbesten Vogelkotforscher. Oder so ähnlich. Egal. Komm, ich zeig dir erst mal die Hängematte.«

Sie gingen an der Hauswand entlang und kamen an einer großen Voliere vorbei, in der sofort zwei Graugänse laut zu schnattern begannen und aufgeregt hin und her watschelten.

»Das sind Copy und Paste«, erklärte Max. »Haben sich die Flügel verletzt, wir behalten sie hier, bis sie wieder fliegen können. Aber jetzt wollen sie erst mal frühstücken, glaube ich.«

Mit jedem Schritt wurde der Geruch stärker.

In Max' Magengrube machte sich ein mulmiges Gefühl breit. Irgendetwas stimmte hier nicht. Es roch eindeutig nach Rauch.

Und als sie um die Hausecke bogen, sah er ihn auch. Eine graublaue Wolke hüllte den Ort ein, an dem er gestern noch gedöst hatte: Von der Hängematte war nur ein verkohlter Fetzen übrig. Einen der Bäume, an dem sie befestigt war, gab es nicht mehr. Er war bis auf einen kniehohen, glimmenden Stumpf abgebrannt.

Max blieb wie erstarrt vor dem Baum stehen. »Was ist denn hier passiert?«, flüsterte er fassungslos. Er kämpfte mit den Tränen. »Los, Cola, wir müssen löschen«, sagte er schließlich.

Eilig holten die Jungen Wassereimer und gossen sie über der Brandstelle aus. Es dampfte, es zischte.

»He! Was macht ihr denn da?«

Max und Nicola fuhren herum. Da stand Dark Dönnerschlach, der mit zusammengekniffenen Augen abwechselnd auf den verkohlten Baumstumpf und auf die Kinder mit ihren Eimern starrte. Er trug einen schwarzen Anzug und schwarze Lederschuhe, in denen sich die Sonne spiegelte, so gründlich waren sie poliert. Dazu ein frisch gebügeltes Hemd. Für einen Augenblick wusste Max nicht, was der komische Aufzug zu bedeuten hatte. Nur weil Sonntag war? Dönnerschlach steckte sonst immer in Cargohosen und Trekkingsandalen. Dann fiel Max die Beerdigung wieder ein.

»Der Baum war vollkommen heruntergebrannt, als wir hier angekommen sind«, sagte er. »Es hat noch gequalmt, darum haben wir ihn gelöscht.«

»Aha.« Dönnerschlach streckte Nicola die Hand hin. »Hallo. Ich bin Dark Dönnerschlach.«

»Nicola Mustermann, freut mich.«

Händeschütteln.

Dönnerschlach rang sich so etwas wie ein knappes Lächeln ab, dann wanderten seine Mundwinkel wieder Richtung Schuhspitzen. »So ein Baum brennt nicht von allein. Wer tut so was?«, sagte er ernst.

Max zuckte matt mit den Schultern. Tja, wer tat so was? Wer setzte einen uralten Baum in Brand?

»Vielleicht jemand vom Festland?«, schlug Nicola vor.

»Vielleicht«, murmelte Dönnerschlach nachdenklich.

»Oder Schüler, die vor lauter Ferien nicht wissen, wohin mit sich.« Nicola kam langsam in Fahrt.

»Vorige Woche hat jemand die Mülltonnen an den Strand gerollt und den Inhalt großflächig im Sand verteilt. Eine Riesensauerei. Vor drei Tagen stand das Gänsegehege über Nacht offen. Zum Glück haben Copy und Paste keine Anstalten gemacht, das Weite zu suchen. Die wären auch nicht weit gekommen. Aber wir hätten ganz schön doof dagestanden: Zu blöd, um eine Stalltür zu schließen. Und dann noch zwei verletzte Tiere auf dem Gewissen.« Dönnerschlach zog sein Telefon aus der Tasche. »Pff, Schülerstreiche … kann natürlich sein. Wie auch immer, das hier geht zu weit. Ich rufe jetzt Onno an.«

»Onno?«, wiederholte Nicola.

»Onno Polder. Die Polizei«, erklärte Max.

4. Kapitel

Sonntag, 9. August, 9.00 Uhr

»So. Ich muss dann mal los«, brummte Dark schlecht gelaunt. »Mit Glück erwische ich Onno, bevor er sich zum Friedhof aufmacht. Sonst muss er die Anzeige eben im Trauergottesdienst aufnehmen.« Er spuckte ins Gras. »Jungs, ihr haltet die Stellung, okay?«

Nicola nickte. Max auch. Mit zusammengebissenen Zähnen. Er hatte eine Stinkwut. Welcher Idiot fackelte denn zum Spaß einen Baum ab? Zumal auf einer windzerzausten Insel, wo es nun wirklich nicht viele davon gab. Ihm war zum Heulen zumute. Und nicht einmal die Polizei war zu erreichen. Dark Dönnerschlachs Anruf hatte auf einer Mailbox geendet, die mit stark friesischem Akzent die allgemeinen Dienstzeiten verkündete.

Dark schwang sich auf sein Mountainbike, winkte den beiden Freunden mit einer sparsamen Geste zu und verschwand über den Feldweg in der Richtung, aus der sie heute früh gekommen waren.

»Wen will er denn anzeigen?« Nicola sah dem Stationsleiter nachdenklich hinterher.

»Na, ich schätze, das wird eine Anzeige gegen unbekannt. Total sinnlos. Den Schuldigen wird man nie finden.«

»Hm.«

»Das kannst du wohl laut sagen.« Max schnaubte. »Komm, Cola, wir machen weiter. Dann hat Dark wenigstens was, worüber er sich freuen kann.« Und auch Max würde sich irgendwie besser fühlen.

»Hast recht. Also, wie geht das jetzt genau mit den Schietproben?«

»Erst mal brauchen wir unser Werkzeug.«

Die Jungen gingen zurück ins Haus und in den großen Raum, der unter anderem als Labor diente. Max griff sich zwei Ferngläser, zwei Spachtel und eine Handvoll Reagenzgläser. Dann traten sie wieder nach draußen. Max schloss mit seinem Praktikantenschlüssel die Haustür ab, und die Jungen wanderten den Strand entlang, ostwärts Richtung Steilküste. Es war Ebbe, sodass sie am Fuß des Kliffs entlangmarschieren konnten, ohne nasse Füße zu bekommen. Nach ein paar Metern blieb Max stehen und zückte sein Fernglas.

»Und jetzt?«, fragte Nicola.

»Warten wir auf kotende Krabbentaucher und sammeln dann mit dem Spachtel den Guano in die Glasröhrchen.«

»Äh, und was ist Guano?«, fragte Nicola.

»So nennt man Vogelkacke auf Vornehm.«

Nicola schüttelte den Kopf. Wenig später hatte Max bereits drei Reagenzgläser befüllt. Nicola hingegen saß am Boden und ließ den Blick gedankenverloren durch sein Fernglas über das Meer schweifen.

Bis ein unmenschlicher Schrei die Ruhe zerriss. Nicola zuckte zusammen und drehte sich erschrocken zu Max herum.

Der grinste nur und zog sein Telefon aus der Hosentasche. »*Larus argentatus*, die Silbermöwe. Möwen haben eine ganze Handvoll von Schreien drauf, zur Balz, um sich zu warnen, um Wohlbefinden auszudrücken. Das hier …«

Aus dem Telefon gellte es wieder *aau aau au kjiiiau kjau kjau*!

»… heißt Jauchzen. So klingen Silbermöwen, wenn –«

Nicola schüttelte den Kopf. »Du bist ein Spinner. Geh lieber mal ran!«

Max sah auf das Display. Die Nummer kannte er nicht, er hielt das Telefon an sein Ohr. »Guten Morgen?«

»Moin, AOL hier. Max, bist du das? Max Lüders?«

»Ja?«

»Okay. Gut, dass ich dich erreiche.«

Arfst Okke Labersen hustete die Sätze ins Telefon, als würde ihm gleich die Luft wegbleiben. Was war denn mit dem los?

»Ja?«, sagte Max noch einmal.

»Ich habe Beweisfotos.«

»Ähm …« Etwas Besseres fiel Max nicht ein. Und ein drittes »ja« war ihm zu blöd.

»Von dir. Von dir und den Bäumen. Weißt du eigentlich, dass es sich dabei um ein gesetzlich geschütztes Naturerbe handelt?«

»Ich … warten Sie mal, Herr Labersen, ich glaube, ich kann Ihnen nicht ganz folgen.«

»Ich habe hier eine Speicherkarte mit Fotos. Die hat mir ein Informant zugespielt.«

»Wie jetzt, Informant?«

»Okay, die Karte lag in einem Umschlag auf meiner Fußmatte. Ändert nichts am Inhalt: ganz viele hübsche Bilder von dir und den Bäumen. Ach ja, und einem Benzinkanister. Alles etwas unscharf, war wohl ziemlich dämmrig, kein so tolles Licht zum Fotografieren. Oder die Kamera war nicht so gut. Egal, trotzdem eine Eins-a-Dokumentation des Verbrechens mit dem Titel: Praktikant brennt geschützte Bäume nieder.«

Max wurde schwindelig. Er hatte das Gefühl, das Kliff über ihm habe zu schwanken begonnen. Er wusste nicht, was er sagen sollte. Labersen hatte ihn erwischt – bei etwas, mit dem er überhaupt nichts zu tun hatte!

»Ich ... ich habe damit überhaupt nichts zu tun«, stammelte er matt.

»Tja, das sieht auf den Fotos anders aus. Aber die Presse will ja nicht vorschnell Partei ergreifen, nicht wahr? Vielleicht kannst du mir ja erklären, was du mit dem Benzinkanister gemacht hast.«

»Ich war das nicht!«

»Okay. Wo warst du denn um ... warte mal ... ah, hier steht die Aufnahmezeit: Heute früh gegen fünf?«

»Im Bett natürlich. Mein Freund Nicola kann das bezeugen.«

»Das Mädchen mit der guten Stimme? Hat der das gesehen, oder hat der vielleicht auch geschlafen?«

»Ich ... Nicola ... also, ja, wir haben beide geschlafen.«

»Ein schlafender Zeuge? Alle Achtung!«

»Wir waren um kurz nach sieben hier, da war der Baum schon völlig runtergebrannt. Aber ich war das nicht, das schwöre ich!«

»Aha. Ja gut, das kann ich ja so schreiben.«

»Schreiben?«

»Na klar, das wird die Top-Meldung des Tages!«

»Aber ...«, flehte Max. Doch da hatte der Inselblogger schon aufgelegt. Max blickte stumm auf sein Telefon. Sein Kopf fühlte sich an wie ein ausgelöffeltes Frühstücksei. Er hätte nicht sagen können, wie lange Nicola schon an seiner Schulter rüttelte, als er es endlich bemerkte.

»Max, was war das denn? Du siehst aus, als ob du einen Wattwurm verschluckt hättest.«

»Das wäre mir deutlich lieber! Irgendwer hat eine Chipkarte mit Fotos vor Labersens Tür gelegt. Die Bilder zeigen angeblich, wie ich den Baum abfackle. Labersen will das ins Netz stellen.«

»Alter, geht's noch? Wann hättest du das denn tun sollen? Du wirst doch seit fast 48 Stunden lückenlos von mir überwacht.« Nicola drehte den Kopf zur Seite und tat, als würde er in ein Kragenmikrofon sprechen. So wie er das wahrscheinlich in hunderttausend Agentenfilmen gesehen hatte.

Max musste lächeln. Nicola konnte selbst in den stressigsten Momenten noch Witze reißen. Darum beneidete er seinen Freund. Allerdings war es auch nicht Nicola, der gerade aus heiterem Himmel als Verbrecher abgestempelt worden war. Sondern er, Max Lüders.

»Gibt es hier irgendwo Internet?«, riss Nicola Max aus seinen Grübeleien.

»Wieso?«

»Weil wir uns diese Fotos mal ansehen sollten.«

Max nickte: »Komm, ich weiß, wo!«

Kurz darauf stapften die Jungen über den Oststrand zurück zur Vogelschutzstation. Max schloss die Tür auf. Jemand musste in der Zwischenzeit da gewesen sein. An der Tür klebte ein knallgelber Notizzettel. Darauf stand: *Hallo Dark! Bitte um Anruf wegen Rückgabe deines Materials. Beste Grüße, Erna.* Kopfschüttelnd riss Max den Zettel ab.

Kurz darauf hatte er seine Guanoproben im Laborkühlschrank verstaut und die Jungen standen im Büro der Station. Max legte den gelben Zettel auf Darks Schreibtisch. Hier gab es einen Computer, den auch Max nutzen durfte. Er konnte sich darauf als Praktikant anmelden, Kennwort »nOrd$eE«. Die Jungen setzten sich an Darks riesigen Schreibtisch vor den Monitor. Max schaltete den Rechner an. Sie öffneten die Seite mit dem Inselblog. Der aktuellste Eintrag war von gestern Abend. Über den Band-Wettbewerb. Max lud die Seite ungefähr im Minutentakt neu, irgendwann passierte tatsächlich etwas:

EILMELDUNG: BRANDSTIFTER IM BUCHENWALD

9. August 2015

Sie kamen in den frühen Morgenstunden und legten mithilfe eines Benzinkanisters Feuer – es traf die jahrhundertealten Buchen am Oststrand. Ein Wahrzeichen unserer Insel und geschütztes Naturerbe. Brandstiftung hat es auf Lumpensand seit Jahrzehnten nicht mehr gegeben. Wer steckt dahinter? *lumpenblog.com* wurden Fotos zugespielt, die offenbar den Täter kurz vor seiner Tat zeigen. Es handelt sich um den Schüler Max L. (der Name ist der Redaktion bekannt) – auch wenn er zur angegebenen Zeit geschlafen haben will ...

Das Fotomaterial wird die Redaktion noch heute der Polizei übergeben. Dranbleiben: Im Laufe des Tages werden wir weitere Updates posten!

Darunter war eins der Fotos zu sehen, von denen Labersen gesprochen hatte. Samt der Aufnahmezeit: 5.17 Uhr. Der Reporter hatte das Gesicht zwar so verpixelt, dass man es nicht mehr erkennen konnte. Alles andere wäre gar nicht erlaubt. Aber trotzdem sah man auf dem Bild einen Jungen, der Max verdächtig ähnlich sah. Nein, er war es sogar wirklich. Zweifelsfrei. Mit einem Benzinkanister in der Hand und offenbar drauf und dran, dessen Inhalt über die Äste der alten Buchen zu schütten. Obwohl er das nie getan hatte, es sei denn, er schlafwandelte neuerdings. Hier war doch etwas oberfaul!

»Alter, ich fass es nicht«, brach es aus Nicola heraus, »was für eine linke Nummer! Und dass der ganze Wald abgefackelt sein soll, ist ja sowieso mal Quatsch.«

Max schwieg.

Da jauchzte die Silbermöwe in die Stille.

»Guten Morgen«, sagte Max matt in sein Telefon.

»Max, wir müssen reden. AOL hat mich gerade angesprochen«, flüsterte Dark Dönnerschlach.

Das hatte jetzt gerade noch gefehlt.

»Dark, ich … ich verstehe das nicht.«

»Gut, dann sind wir schon zu zweit«, flüsterte Dark, »ich erwarte aber ehrlich gesagt eine bessere Erklärung. Und mach's kurz. Ich sitze hier im Trauergottesdienst.«

Daher das Flüstern.

Max fiel nur eine einzige Erklärung ein: »Die Fotos müssen gefälscht sein!«

Er hörte Dönnerschlach schnauben. »Hmm ja, aber wer würde sich so eine Mühe machen und Fotos von dir fälschen?«

»Das weiß ich nicht«, sagte Max leise.

»Ja, ich auch nicht. Ich muss jetzt Schluss machen, Pfarrer Düwelsen guckt schon ganz sauer.«

Klick. Dönnerschlach hatte aufgelegt.

Kurz darauf bekam Max eine SMS:

schlüssel noch heute in meinen briefkasten werfen. d.

D. wie Dark. Dark hatte Max bei Beginn seines Praktikums einen der Praktikantenschlüssel gegeben, damit er auch ohne den Stationsleiter ins Gebäude konnte. Und diesen Schlüssel sollte er jetzt zurückgeben? Max brauchte einen Moment, um zu begreifen, was das hieß: Dark Dönnerschlach vertraute Max nicht mehr.

5. Kapitel

Montag, 10. August, 8.27 Uhr

Am nächsten Tag radelte Max morgens allein zur Schutzstation. Den Sonntag hatte er schlecht gelaunt mit Nicola am Strand verbracht. Zuvor hatte er seinen Schlüssel in Darks Briefkasten geworfen, dann war sein Vater mit ihm auf die Polizeiwache gegangen. Er hatte durchsetzen wollen, dass Max' Foto von der Webseite des Inselblogs verschwand. Aber da AOL nichts Verbotenes getan hatte und nicht einmal Max' Gesicht zu erkennen war, mussten sie unverrichteter Dinge wieder abziehen. Onno Polder hatte Max noch zu der abgebrannten Buche ausgefragt und, sehr bedächtig, so als würde er dergleichen nur selten tun, seine Zeugenaussage abgetippt. Zu Max' Hinweis, die Fotos seien gefälscht, brummte er nur: »Na, dat wollen wir mal sehen, nech? Wir prüfen dat, min Jung.«

Am Abend hatten Max und Nicola im Inselblog dann alle Updates zu der Brandstiftung nachgelesen. Max war immer noch der einzige Verdächtige, und Dark hatte allen Grund, ihn weiterhin für den Täter zu halten. Darum hatte Max ein mulmiges Gefühl im Bauch, als er sich am Montagmorgen um kurz nach acht von Nicola verabschiedete und durch die Salzwiesen ostwärts fuhr.

Als er sein Hollandrad parkte, waren am Fahrradständer bereits zwei Plätze belegt. Einer von Darks Mountainbike. Der andere von einem klapprigen Damenrad, das Max noch nie gesehen hatte.

Er ging um das Haus. Am Graugansgehege stand Dark Dönnerschlach. Und neben ihm ein Mädchen, das Max auch noch nie gesehen hatte. Sie war etwas größer als Max und genau so schlank. Ihre Haare waren hellblond – nichts Besonderes auf Lumpensand, wo jeder zweite Schopf strohfarben war. Aber sie reichten ihr fast bis zur Hüfte, und das war dann doch ungewöhnlich. Und sehr, sehr unpraktisch für einen Inselbesuch: Die Mähne flatterte wild im Wind, sodass das Mädchen ständig damit beschäftigt war, lose Strähnen hinter den Ohren festzuklemmen. Allerdings vergeblich, denn die nächste Böe zauste sofort wieder alles durcheinander.

Max sah an der Fremden herunter. Auch ihre Kleidung war bemerkenswert. Jedenfalls für den Ort, an dem sie sich befanden. Sie trug ein hellblaues Häkel-Oberteil, das aussah wie die Fischernetze, mit denen die Cafés im Dorf dekoriert waren. Es schien hauptsächlich aus Löchern zu bestehen, was der Trägerin weder Schutz vor Sonne noch Wind bot. Ihre Beine steckten in einer blütenweißen Röhrenjeans und an den Füßen trug sie silberne Ballerinas. Max schüttelte ungläubig den Kopf. Super Verkleidung! So konnte sie vielleicht mit ihren Freundinnen ins Kino gehen. Weit weg auf dem Festland. Wie um alles in der Welt hatte sich diese Tussi zur Vogelschutzstation verirrt?

»Guten Morgen«, grüßte Max zögerlich.

»Oh, hallo Max«, sagte Dönnerschlach und musterte den Jungen einen Moment länger, als Max wohl war. Es hatte sich also seit gestern nichts verändert. Wie auch?

»Das hier«, fuhr der Stationsleiter fort, »ist unsere neue Praktikantin, meine Nichte Valentine Uhudel aus Wien.« Natürlich, die Nichte! Die hatte Max total vergessen. Dark hatte sie letzte Woche angekündigt. In der Aufregung nach dem Feuer hatte dann niemand mehr von dem Besuch aus Österreich gesprochen. Jetzt erinnerte sich Max, dass Dark noch gestern ans Festland hatte fahren wollen, um seine Nichte vom Flughafen abzuholen.

»Servus!«, grinste das Mädchen und streckte ihm die Hand hin.

»Äh … Moin Moin! Ich bin Max.« Diese Valentine hatte einen unangenehm festen Händedruck.

»Valentine wird drei Wochen bei uns auf der Insel bleiben. Und ihr werdet jetzt zusammenarbeiten.«

Max schluckte. An seinem Praktikum gefiel ihm vor allem die Stille und Einsamkeit draußen an der Schutzstation. Und jetzt sollte er mit diesem aufgetakelten Püppchen zusammenarbeiten? Das konnte ja heiter werden.

»Klar, super«, sagte er halbherzig.

»Ich habe auch schon die erste gemeinsame Aufgabe für euch«, fuhr Dark fort. »Der letzte Schietsturm hat unser rotes Zodiac ziemlich erwischt. Lag leider noch vorm Bootsschuppen. Ich weiß, es ist kein Traumjob, aber bitte macht das Teil sauber.«

Max sah zu der Stelle, an der das Schlauchboot im Gras lag. Vor der letzten Vogelkot-Attacke war es tatsächlich leuchtend rot gewesen. Wie eine Tomate. Jetzt erinnerte es noch immer an eine – aber eine von denen, die sein Vater manchmal in der Speisekammer vergaß, bis grau-grüner Schimmel sie halb zerfressen hatte.

»Wäh, das ist ja ur grauslich!«, sagte Valentine und verzog das Gesicht.

»Urgraus – was?«, fragte Max irritiert.

»Urgrauswas? Urgrauswas?« Valentine musste laut lachen. »Du bist ur lustig!«

Max starrte das Mädchen fassungslos an. Wieso lachte diese Häkeltop-Tussi ihn jetzt aus? Er wünschte sie weit weg, am besten gleich zurück nach Österreich.

»Ur, halt«, kicherte sie jetzt. »Wie in ur schön oder ur blöd. Oder ur igitt, wenn es eben um ein Boot mit Vogel-Gacke geht.«

»Aha. Dann schlage ich vor, wir machen jetzt mal ur schnell«, sagte Max kühl.

Sie gingen zum Schuppen und rüsteten sich mit Eimern, Schwämmen und Bürsten aus. Eine Stunde später lag das Schlauchboot blitzsauber und sorgfältig abgeduscht zu ihren Füßen. Es sah aus wie neu. Ganz anders Valentines Jeans, deren makelloses Weiß einem schmutzig braunen Fleckenmuster gewichen war. Ihre Haare hatte sie – offenbar genervt von den herumflatternden Strähnen – zwischendurch zu einem unordentlichen Dutt geknotet, der nun an ihrem Hinterkopf wippte, als hätte sich dort ein sehr kleines, sehr dickes Äffchen festgekrallt. Nur die silbernen Ballerinas funkelten so hell wie eh und je. Valentine hatte sie rechtzeitig ausgezogen und am Graugansgehege liegen lassen.

Während sie das Boot mit Schwamm und Bürste traktierten, hatte Valentine mehrmals versucht, mit Max ein Gespräch zu beginnen. Aber die Brandstifter-Affäre drückte ihm auf die Stimmung, und das machte ihn noch schweigsamer als sonst. Er war so einsilbig gewesen, dass Valentines Wortschwall irgendwann versiegt war. Ab da hatten sie still geschrubbt.

Dark half ihnen gerade, das zentnerschwere Zodiac an seinen Platz im Bootsschuppen zu wuchten, als sein Telefon klingelte. Er hörte kurz zu, dann nickte er: »Alles klar.« Dark legte auf. »Vally, das war die Fluggesellschaft.«

»Ist mein Gebäck angekommen?«, rief das Mädchen aufgeregt.

Gebäck?

»Ja, dein Koffer kommt mit der nächsten Fähre!«, sagte Dark.

Also doch keine Kekse. Aber trotzdem verstand er nicht. Wieso kam das Gepäck mit der Fähre? War Valentine nicht gestern mit dem Flugzeug angereist? Und hatte Dark sie nicht abgeholt?

»Das Schiff legt in einer Viertelstunde an. Wir müssen gleich zum Hafen, wenn wir deine Sachen erwischen wollen.«

»Super, endlich Zähnebutzen!«, rief Valentine, lief eilig zu der Voliere hinüber, wo Copy und Paste sofort wieder in ein aufgeregtes Geschnatter ausbrachen, und schlüpfte in die Ballerinas. Max starrte sie an. Zähneputzen? Jetzt? Im Kopf legte er einen Steckbrief der neuen Praktikantin an.

Besondere Merkmale:

– komisch gekleidet

– spricht komisch

– hat komische Körperpflege-Gewohnheiten

»Max, wir müssen gehen«, sagte Dark. »Valentines Koffer ist gestern in Wien falsch verladen worden, er war kurzzeitig verschollen. Jetzt ist er aufgetaucht.«

Ach so, dachte Max. Und strich die komischen Gewohnheiten vorerst wieder von der Liste.

»Das wird aber auch Zeit. Ich brauche jetzt wirklich ein gescheiteres Gewand!«, rief Valentine ihrem Onkel zu. »Passendere Kleidung halt«, erklärte sie, als sie die verständnislosen Blicke von Max und ihrem Onkel sah. »Meine ganzen Urlaubssachen sind ja im Koffer.« Dann trottete sie in ihren Glitzerschühchen zum Fahrradständer. Dark schloss die Tür der Station ab und steckte den Schlüssel ein.

Max musste schlucken.

»Max, ich habe noch einen Auftrag für dich. Einige unserer Hinweistafeln im Naturschutzgebiet sind wohl lose, hat mir ein besonders kritischer Feriengast auf die Mailbox gesprochen. Ungefähr sieben Mal. Heute …« Dönnerschlach holte tief Luft. Das kannte Max jetzt schon, bestimmt fing Dönnerschlach gleich an, seine Meinung über diese Art Inselbesucher kundzutun. Und die war nicht sehr hoch. Doch der Stationsleiter besann sich gerade noch rechtzeitig. »Na, egal. Kannst du alle Wege in den Dünen abgehen und schauen, welche Schilder repariert werden müssen?«

»Klar!«, sagte Max.

»Danach gehst du nach Hause.« Dark Dönnerschlach zögerte, er sah zu Valentine. Die war außer Hörweite und ganz damit beschäftigt, sich einen der ungefähr Zehntausend Gras-, Sand- und Vogelkotflecken von der Hose zu kratzen.

»Max, hast du mir zu der Sache mit dem Baum noch etwas zu sagen?«, fragte er schließlich.

»Nein! Nur, dass ich nicht der Brandstifter bin.«

Dark blickte ernst. »Ich habe nachgedacht. Ich möchte die Ermittlungen der Polizei abwarten. Aber wenn sich das nicht schleunigst aufklärt, kannst du hier nicht weitermachen.«

»Was?« Max hoffte, sich verhört zu haben.

»Ich weiß nicht, was ich von dem Ganzen halten soll. Außerdem steht der Ruf meiner Station auf dem Spiel. Mein Ruf. Das kann ich nicht riskieren, dann muss ich mich von dir trennen, klar?«

»Nein! Nichts ist klar!«, wollte Max schreien. Stattdessen nickte er nur matt. Jetzt mit dem Leiter der Schutzstation zu streiten, würde ihm auch nicht weiterhelfen. Und irgendwie verstand er ihn sogar. Schließlich hatte Max bisher noch keinen einzigen handfesten Beweis für seine Unschuld aufgetan. Also sah er nur schweigend zu, wie Dark Dönnerschlach mit seiner Nichte Richtung Hafen davonradelte.

An dem verhängnisvollen Freitag, an dem fast alles zu Ende gegangen wäre, weht auf der Insel ein stürmischer Wind. Als meine Mutter mich aus dem Haus schickt, protestiere ich. Bei diesem Wetter jagt man keinen Hund vor die Tür, sage ich! Aber sie bleibt unerbittlich. Und zu Recht, denn unser Nachbar braucht Hilfe. Genau genommen sind wir auf Lumpensand alle Nachbarn, halten zusammen. Dieser eine Nachbar wohnt außerhalb des Dorfes am Oststrand, und seine Frau ist auf dem Festland im Krankenhaus. Nichts Schlimmes, aber sie ist eben nicht da, und er ist allein mit der kleinen Tochter. Wir besitzen ein paar Kühe, und meine Mutter packt eine Tasche mit einer Flasche Milch, Butter und selbst gebackenem Brot für ihn. Freitags ist bei uns Backtag. Als ich an diesem Nachmittag auf mein Fahrrad steigen will, reißt der Wind es mir fast aus den Händen. Ich mache mich also zu Fuß auf den Weg. Der Sturm zieht an mir und bringt mich immer wieder aus dem Gleichgewicht. Ich denke mir nichts dabei, so etwas habe ich schon oft erlebt. Ich habe mein ganzes Leben auf der Insel verbracht, ich kenne den Wind und das Meer. Das glaubte ich zumindest, bis zu diesem Tag. Ich glaubte, ich könnte den Himmel, die Wolken und die Wellen lesen. Was für ein Irrtum!

6. Kapitel

Montag, 10. August, 10.21 Uhr

In den Dünen bekam Max bessere Laune. Endlich plapperte diese Valentine nicht mehr auf ihn ein. Hier hörte er nur die Schreie der Seevögel, den Wind und die Brandung der Wellen am Strand. Max atmete tief durch.

Das Wegenetz in den Dünen war gespickt von Hinweistafeln der Vogelschutzstation. Zum Beispiel:

- Stoppschilder (um das Brutgebiet des Sandregenpfeifers zu schützen)
- Schilder mit Landkarten (die die Reisen der Zugvögel zeigten)
- Bettelschilder (an denen eine Spenden-Sammelbüchse angeschraubt war)

Nach einer guten halben Stunde Fußmarsch hatte Max bereits drei kaputte Schilder mit seiner Handykamera fotografiert. Jetzt stand er vor einem Bettelschild, dessen Sammelbox kurz davor war abzufallen. Kein Wunder, die Schrauben waren völlig durchgerostet. Max schüttelte den Kopf. Man konnte fast glauben, er war der Erste, der hier seit 20 Jahren mal eine Bestandsaufnahme machte. Vielleicht doch ganz gut, dass es ab und zu diese nervigen Touristen gab. Max trat einen Schritt zurück und wollte gerade den Auslöser drücken. Da hörte er das Surren.

Er wandte den Kopf in die Richtung, aus der das Geräusch stammte. In etwa hundert Metern Entfernung holperten drei weiße Fahrzeuge den Wanderweg entlang. Es waren Elektromobile. Auf der autofreien Insel waren diese Gefährte eigentlich nichts Besonderes. Im Naturschutzgebiet allerdings schon, denn dort herumzufahren war nicht erlaubt.

Max ließ sein Handy sinken und ging den drei Fahrzeugen entgegen. Da bogen sie rechts ab, weg vom Meer. Nach ein paar Metern waren sie dann verschwunden, die Dünen versperrten die Sicht. Wer fuhr denn hier einfach so über den Wanderweg? Max lief los.

Hinter der nächsten Düne blieb er abrupt stehen. Denn in einiger Entfernung, auf einer von windschiefem Heidekraut bewachsenen Fläche, parkten die drei Elektromobile.

Zwei davon trugen das Wappen von Lumpensand: ein dicker Fisch von goldenem Heidekraut umrankt – dazu der Wahlspruch der Insulaner: Wat mutt, dat mutt! Max erkannte die Fahrzeuge der Inselverwaltung. Klar, für diese hochoffiziellen Gemeindebeamten galt eine Ausnahme. Die durften mit ihren Spielzeugautos im Naturschutzgebiet herumkurven, wie sie wollten.

Aus dem ersten Wagen stieg ein Mann, den Max nicht kannte. An seine Seite trat der Bürgermeister der Insel. Und aus dem dritten Mobil, dem ohne Wappen, kletterte Big Joe Blank, der komische Typ mit dem Regenschirm am Gürtel. Er trug blütenweiße Segelschuhe zur Jeans. Max fiel ein, dass bei dem Bandwettbewerb noch immer kein Sieger gekürt worden war. Armer Nicola.

Die Männer standen herum, alle drei hielten aufgeschlagene Ordner in den Händen. Sie blickten abwechselnd auf ihre Papiere, machten ein paar Schritte hierhin, zeigten nach links, ein paar Schritte dorthin, wiesen nach rechts und starrten Richtung Meer. Was suchten diese Behördenheinis hier?

Einer der Männer sah in seine Richtung. Ob er ihn entdeckt hatte? Obwohl er nichts Verbotenes tat, hatte Max das Gefühl, es wäre besser, in Deckung zu gehen. Und das tat er auch hinter einem – nicht reparaturbedürftigen – Hinweisschild über das Mauserverhalten der Brandgänse, sodass die Männer ihn nicht sehen konnten. Die Tafel hatte ein kleines Blechdach, und so sah Max von seinem geschützten Schattenplatz aus Minuten lang zu, wie die drei zeigten und Schritte machten. Waren sie gekommen, um Dünen zu zählen? Oder musste vielleicht der Wanderweg instandgesetzt werden? Er wurde aus den Männern nicht schlau. Ob er sie ansprechen sollte?

Während er noch darüber nachgrübelte, erklang plötzlich ein Rauschen und Flattern über ihm.

»Schietsturm!«, brüllte der Bürgermeister. Es war so laut, dass selbst Max es hören konnte. Sekundenbruchteile später klatschten Tausende Kotspritzer wie ein Platzregen auf die Dünen, die Männer und die Elektroautos. Max presste sich, so gut es ging, an die Tafel mit den Mauserinfos. Er hörte, wie es heftig auf das dünne Wellblechdach über seinem Kopf prasselte. Undeutlich sah er durch den Kackeregen, wie die drei zu ihren E-Mobilen stürzten, Joe Blank mit aufgespanntem Schirm. Die drei Motoren starteten fast gleichzeitig, und die Fahrzeuge rasten surrend und fiepend auf demselben Wanderweg davon, auf dem sie gekommen waren.

Kurz darauf waren die Vögel schon wieder verschwunden, und Max kam hinter seiner Hinweistafel hervor. Das Dach hatte ihn gerettet, er hatte nicht einen einzigen Spritzer abbekommen. Vor ihm auf dem Weg hatten die Elektromobile bei ihrer Flucht tiefe Furchen hinterlassen. Wenigstens hatten die Fahrer im Schietsturm ihre gerechte Strafe erhalten. Max grinste schadenfroh. Dann machte er sich auf den Weg zurück Richtung Meer und zurück zu dem Betelschild mit der lockeren Sammelbox, das dort immer noch geduldig auf seinen Fototermin wartete.

7. Kapitel

Montag, 10. August, 12.49 Uhr

Eh' ich heut nach Krabben tauche,
werde ich schnell meine Jauche
über Lumpensand ablassen
voll auf euch trübe Tassen,
mit euren …

Mit euren … mit euren? Nicola starrte auf das Meer hinaus, das durch die getönten Brillengläser wunderbar violett strahlte, während er in seinem Kopf nach guten Reimen suchte:

Supermarktkassen?
Grundschulklassen?
Hunderassen?

Nicola saß am Strand, seine Gitarre im Schoß, wartete auf Max und nutzte die Zeit, um an einem neuen Song zu basteln. Nur irgendwie kam er gerade nicht weiter.

Hinter ihm auf dem Kurplatz wurde die Bühne abgebaut. Es war noch keine 48 Stunden her, seit er dort mit den Hochdruckgebeats gespielt hatte – seit die Welt noch in Ordnung gewesen war. Inzwischen hatte Nicola Bekanntschaft mit den verrückten Krabbentauchern gemacht, die Vogelschutzstation kennengelernt und war Zeuge geworden, wie sein bester Freund Opfer irgendeines falschen Spiels wurde.

Einbahnstraßen?

»Na, du Rocker?«

Nicola wurde jäh aus seinen Gedanken gerissen. Er fuhr herum und blickte in Max' müde Augen, als sich sein Freund auch schon neben ihm in den Sand plumpsen ließ.

»Dachte ich mir doch, dass ich dich hier finde. An der Stätte deines Ruhmes.«

Nicola sah zur halb abgebauten Bühne hinüber und zuckte mit den Schultern. »Naja ... ich würde sagen, wir haben uns eher mit Vogelscheiße bekleckert als mit Ruhm.«

»Aber ihr wart die besten, Cola.«

»Das glaube ich erst, wenn der Clown mit dem Regenschirm es mir sagt. Der lässt sich ganz schön viel Zeit damit, die Juryentscheidung bekanntzugeben.«

»Blank? Der scheint gerade eher mit anderen Dingen beschäftigt zu sein«, sagte Max. Und dann berichtete er Nicola vom bisherigen Verlauf seines Tages. Von der komischen Tussi mit dem lustigen Akzent, dem zugekackten Schlauchboot, den kaputten Schildern in den Dünen, den Elektromobilen und dem Schietsturm. Vor allem aber davon, dass Dark Dönnerschlach ihn rauschmeißen wollte. Nicola spürte, dass das seinen Freund am meisten beschäftigte.

»Alles in allem nicht so prickelnd«, schloss Max seinen Bericht und fügte nach einer kurzen Pause hinzu: »Und du so?«

»Ich? Ach, ich habe ein bisschen gedichtet. Hier, sieh mal.«

»Tauche – Jauche: das ist lustig. Verarbeitest du deine Schietsturm-Erlebnisse?«

»Irgendwo müssen Gefühle ja bleiben!« Nicola legte theatralisch beide Hände auf die Brust und machte Kulleraugen. Beide lachten.

Aber nicht lange.

Aau aau au kjiiiau kjau kjau!

»Max, deine Silbermöwe ruft.«

Max fummelte sein Telefon aus der Hosentasche und blickte auf das Display. Er runzelte die Stirn: »Dark«, flüsterte er seinem Freund zu, bevor er das Gespräch annahm. »Hallo Dark – was? – Nein, ich bin direkt in den Ort gefahren – welche Tür? – Nein! – Ich … ich … – Aber … – Die sind doch viel zu schwer! – Ja, tschüss!«

Nicola sah seinen Freund, der jetzt noch blasser war als zuvor schon, fragend an.

»Die Zodiacs sind weg!«

»Die … bitte wer?«

»Die Zodiacs, unsere Schlauchboote. Also, ich meine, die Boote der Schutzstation. Es gibt zwei davon. Eins haben Valentine und ich geschrubbt. Jetzt sind beide weg. Aus dem Bootsschuppen verschwunden.«

»Krass.«

»Nee, krass ist, dass Dark denkt, ich hätte was damit zu tun.«

»Und hast du?«

»Nein! Ich habe die Boote nicht geklaut. Ich meine, die Dinger sind schwer wie ein Walross. Das könnte ich doch gar nicht!«

»Na ja, mit meiner Hilfe?« Nicola ballte die Fäuste und spannte seine – nicht sehr beeindruckenden – Oberarmmuskeln an.

»Ja, du machst Späße. Dark denkt aber wirklich, du könntest mein Komplize sein!«

Nicola sah seinen Freund ernst an: »Moment mal, das geht jetzt aber ein bisschen zu weit. Am Ende gibt es dafür auch wieder so tolle Beweisfotos, oder was?«

»Oh, bitte nicht!«

»Na, entspann dich, wo sollen die denn herkommen? Aber wenn du sicher sein willst, gehen wir jetzt mal nach Hause und gucken ins Internet.« Nicola packte seine Gitarre ein und schulterte die Tasche.

Der direkte Weg wurde es jedoch nicht, denn Nicola konnte es sich nicht verkneifen, die Bühnentechniker auf dem Kurplatz anzusprechen, ob sie etwas über den Ausgang des Bandwettbewerbs wussten. Ohne Erfolg: Da müsse er schon Big Joe persönlich fragen, hieß es, und der wäre heute den ganzen Tag geschäftlich unterwegs.

Zwanzig Minuten später hockten die Jungs in Max' Zimmer in der »Villa Wattwurm« vor dem Laptop. Es hatte einige Zeit gedauert, den Computer aufzuspüren, da Nicola das Gerät unter einem Stapel Unterhosen begraben hatte.

Max ging auf *lumpenblog.com,* und sie lasen: Der Brandanschlag auf die alten Bäume war inzwischen nicht mehr die Topmeldung, sondern auf Platz vier gerutscht. Auf drei gab es einen kleinen Artikel über die Beerdigung vom alten Niels Redder am Sonntagvormittag, bei der fast ganz Lumpensand gewesen zu sein schien.

Seine Tochter Krista hatte offenbar eine herzergreifende Grabrede gehalten. An zweiter Stelle folgte ein Text über die Sommer-Aktionswochen beim Inselfriseur »Blonde Haarpune« – zwei Mal Strähnchen zum Preis von einem.

Die Überraschung stand ganz oben:

Eilmeldung: Vogelschutzstation und kein Ende!

10. August 2015

Gestern Feuer – heute Diebstahl? Wie *lumpenblog.com* aus gut unterrichteten Quellen weiß, verschwanden die beiden Schlauchboote der Vogelschützer aus dem Bootsschuppen der Station. Hochwertige Wasserfahrzeuge, die der Leiter der Station, Dr. Dark Dönnerschlach, nach eigener Auskunft dieses Frühjahr erst angeschafft hatte – mit Geldern, die er dafür von der Gemeinde Lumpensand beantragt und erhalten hatte. Pikant an der Sache: Bei den Recherchen unserer Redaktion stießen wir auf Folgendes:

Es folgte der Screenshot einer Internetseite, auf der gebrauchte Schiffe gehandelt wurden. Ein gewisser »Dark Dö« bot dort zwei Zodiacs »in tadellosem Zustand« zum Verkauf an. Der Preis: 1600 Euro. Pro Stück.

»Das glaube ich jetzt nicht!«, brach es aus Nicola heraus. »Hat dein sauberer Doktor D. die Boote selbst verschwinden lassen, oder was?«

Max schüttelte heftig den Kopf. »Nein, niemals. Dark würde so etwas nie tun!«

»Aber dich verdächtigen, denkmalgeschützte Bäume abzufackeln, das würde er tun? Das ist doch alles nicht nur oberfaul, das ist supermegamörderfaul!«

Da meldete sich die Silbermöwe aus Max' Hosentasche.

»Das ist er. Dark!«

Nicola hielt die Luft an, als Max das Gespräch annahm.

Es dauerte keine Minute.

»Und?« Nicola konnte seine Anspannung kaum unterdrücken.

»Dark hat den Blogeintrag auch gelesen. Er sagt, ich soll morgen früh zur Station kommen.«

»Hat er dich jetzt gefeuert?«

»Offenbar nicht.«

Nicola knuffte seinen Freund aufmunternd gegen die Schulter. »Na, das ist doch ein gutes Zeichen.«

Doch Max schüttelte nur matt den Kopf. »Da bin ich mir noch nicht so sicher.«

Der eiskalte Wind peitscht mir den Sand ins Gesicht. Als würde mich jemand mit Schmirgelpapier abreiben. Doch ich habe das Haus beinahe erreicht, kann es schon sehen im Dämmerlicht des Nachmittags. Entschlossen ziehe ich den Schal fester, die Kapuze, so tief es nur geht. So kämpfe ich mich bis zur Haustür und klopfe mit der Faust an. Der Nachbar öffnet und lässt mich hinein in seine hell erleuchtete Stube. Wohlige Wärme schlägt mir entgegen. Er hat mich schon erwartet, trotz des Wetters. Er strahlt, als er sieht, was ich ihm bringe. Mit der Kleinen hat er es bei dem Wind nicht ins Dorf geschafft, Milch und Brot gehen zur Neige. Ich packe meine Gaben aus und will den Heimweg antreten. Aber der Nachbar zieht mich ans Fenster und weist mit der Hand stumm hinaus. Ich schaue in den Himmel: bleigrau. Ich sehe auf das Meer hinaus: auch grau. Nur die Wellenkämme schäumen bleich, sie scheinen mit jeder Sekunde höher zu werden.

Eigentlich wäre jetzt Niedrigwasser, und der Strand sollte in seiner ganzen Breite zu sehen sein. Doch er ist vollständig mit Wasser bedeckt. Ich höre, wie draußen der Wind in die alten Bäume fährt und krachend dicke Äste abreißt. »Bleib hier, das schaffst du nicht mehr«, sagt der Nachbar. Ich weiß, dass er recht hat. Ich bleibe.

8. Kapitel

Dienstag, 11. August, 7.35 Uhr

Am nächsten Morgen kaute Max beim Frühstück lustlos auf seinem Honigbrötchen herum. Appetit hatte er keinen. Sein Magen fühlte sich an, als hätte er sich zu einem komplizierten Seemannsknoten verwurstelt. Wenn Max daran dachte, dass er gleich Dark Dönnerschlach gegenübersitzen würde, zurrte sich der Knoten noch ein bisschen fester zu.

Und er hatte heute Morgen an nichts anderes gedacht.

Aus dem Nebenraum hörte er seinen Vater mit Besteck klappern. Seit Frau Ircksen ausgefallen war, hatte er rund um die Uhr mit der Pension zu tun. Max und Nicola hatten heute wieder die Brötchen vom Bäcker geholt. Aber Max' Vater machte trotzdem nie Pause: Frühstück aufdecken, Frühstück abdecken, Gäste einchecken, Gäste auschecken. Einkaufen, aufräumen, Auskünfte geben. Und so weiter. Max bekam seinen Vater in der Hektik kaum noch zu Gesicht. Dass Max' Praktikum aller Wahrscheinlichkeit nach heute Vormittag enden würde, hatte er ihm noch gar nicht erzählt.

»Soll ich nicht doch mitkommen?«, fragte Nicola kauend. Er verdrückte soeben sein drittes Brötchen mit Schokocreme.

Max schüttelte den Kopf. Eigentlich graute ihm davor, Dark Dönnerschlach auch nur in die Augen gucken zu müssen. Er hätte Nicola gern dabeigehabt. Einerseits. Andererseits wusste er, dass sein Freund womöglich alles nur noch schlimmer machen würde. Große Klappe, freche Sprüche – das waren Nicolas Spezialitäten. Aber nicht die unbedingt richtigen Zutaten für ein Gespräch mit dem Leiter der Vogelschutzstation. Der schätzte sachliche Argumente. Und leise Töne. Also wollte Max die Sache lieber alleine durchstehen.

»Danke für das Angebot, Cola. Aber du kannst jetzt auch nichts mehr ändern«, sagte er darum. Kurz darauf ging er alleine zum Schuppen, schwang sich auf sein Rad und trat in die Pedale.

Dark würde ihn hinauswerfen. Wie sollte Max das verhindern? Er hatte keine Ahnung. Am liebsten hätte er kehrtgemacht. Er würde jetzt lieber seinem Vater helfen – auch wenn der gar nicht darum gebeten hatte. Die Mülleimer leeren, Betten machen, Bäder putzen: Das kam ihm auf einmal sehr verlockend vor. Aber er riss sich zusammen und radelte weiter.

Um Punkt acht Uhr erreichte er das bunte Haus der Vogelschützer. Mit dem Knoten in seinem Bauch hätte man mittlerweile einen Supertanker vertäuen können. Er parkte sein Rad neben Darks Mountainbike. Von Valentine und ihrem Damenrad war zum Glück keine Spur zu sehen. Die Tussi hätte ihm jetzt gerade noch gefehlt!

Dark saß im Büro der Station an seinem großen Schreibtisch im ersten Stock des Hauses. Die Wand hinter ihm war bis unter die Decke von einem Regal beherrscht, das förmlich überquoll von

Aktenordnern, Bestimmungsbüchern und Fotoalben. Der Tisch vor ihm war verglichen damit öde und leer.

»Moin Moin!«, stieß Max tonlos hervor, als er durch die geöffnete Tür ins Zimmer trat. Er wünschte sich weit weg.

»Hallo Max!« Dark sah den Jungen ernst an und wies mit der Hand auf den Stuhl vor seinem Tisch. »Setz dich.«

Jetzt kommt's, dachte Max und sank mit zittrigen Knien auf das Sitzpolster. Jetzt kommt das Ende.

Max starrte auf das abgewetzte Holz der Tischplatte, die wie ein unüberwindliches Niemandsland zwischen ihm und Dark Dönnerschlach zu liegen schien. Wozu brauchte sein Chef eigentlich so ein riesiges Möbel, es stand ja kaum etwas darauf. Neben Monitor und Tastatur des Stationscomputers nur zwei Plastikfächer, in denen sich verschiedene Papiere stapelten. »Krimskrams« stand auf dem einen, »Projekte« auf dem anderen. Obendrauf thronten zwei Vögel aus Speckstein als Briefbeschwerer. Ein Kormoran und ein Pinguin. Kormoran, mit K wie Krimskrams, hatte ihm Dark gleich am ersten Arbeitstag erklärt. Und Pinguin wie Projekte, hatte Max in Gedanken ergänzt.

Dark räusperte sich. »Max, ich muss mich bei dir entschuldigen.«

Max schreckte aus seinen Gedanken hoch. Was hatte Dark gerade gesagt?

»Ich glaube nicht, dass du mit den Vorfällen hier an der Schutzstation etwas zu tun hast. Ich habe dich verdächtigt, weil ich auf diese Fotos reingefallen bin. Das war dumm von mir. Das hätte nicht passieren dürfen. Es tut mir leid.«

Max klappte der Unterkiefer herunter.

»Und die Boote kannst du auch nicht gestohlen haben, die sind ja viel zu schwer. Max, hast du auch diese Anzeige gesehen – ein gewisser ›Dark Dö‹ soll zwei Zodiacs im Angebot haben?«

»Ja, das stand auf *lumpenblog.com*«, sagte Max.

Dark nickte. »Als ich das las, wurde mir klar, dass jemand ein schmutziges Spiel mit uns treibt. Irgendwer will den Ruf der Vogelschutzstation ruinieren.«

»Dann ist diese Anzeige also nicht von dir?«, fragte Max.

»Natürlich nicht!« Dönnerschlach schnaubte verächtlich. »Aber irgendjemand will, dass alle anderen auf der Insel das denken. Irgendjemand versucht, mir zu schaden. Uns zu schaden. Ich glaube inzwischen, diese Fotos von dir sind genauso falsch wie meine angebliche Kleinanzeige. Die Bilder wurden am Computer manipuliert. Mit dem richtigen Programm kann das doch jeder Dödel! Irgendjemand will uns auf Teufel komm raus etwas anhängen. Und diese Person versorgt den Inselblog mit falschen Informationen.«

»Sodass alle uns verdächtigen und wir uns auch gegenseitig«, schloss Max. Der Knoten in seinem Bauch begann sich langsam aufzulösen. »Dann wirfst du mich also nicht raus?«, fragte er.

»Absolut nicht.« Dark zog etwas aus der Schreibtischschublade und hielt es Max hin. Sein Praktikantenschlüssel. »Den wollte ich dir zurückgeben«, sagte Dark. Und nach einer kleinen Pause: »Nimmst du mir übel, dass ich dich verdächtigt habe?«

»Weiß nicht«, sagte Max und versuchte ein unsicheres Lächeln.

»Ich mir schon!« Dark nickte ernst. »Ich rufe jetzt Onno an. Vielleicht kann die Polizei herausfinden, wer diese Verkaufsanzeige geschaltet hat.«

In diesem Moment klopfte es unten an der Tür. »Dark, bist du da?«, rief eine Männerstimme. Max erkannte sie nicht auf Anhieb.

»Oben. Im Büro!«, antwortete Dark.

Schritte auf den Treppenstufen, dann trat Inselpolizist Onno Polder in die Tür, nahm die Dienstmütze vom Kopf und knetete sie nervös in seinen riesigen Pranken, wie man einen Waschlappen auswringt.

Wenn man vom Teufel spricht, dachte Max.

»Moin Onno!«, sagte Dark grinsend und stand auf. »Wenn man vom Teufel spricht! Ich wollte dich gerade anrufen.«

Der Inselpolizist hörte mützenknetend und wortlos zu, bis Dark seinen Bericht schloss: »Ich glaube, der Dieb der Zodiacs will der Station schaden und Verdacht auf mich und meine Mitarbeiter lenken. Kann die Polizei herausfinden, wer die Kleinanzeige geschaltet hat?«

Onno nickte bedächtig. »Dat is ja wohl ein starkes Stück. Müssen wir überprüfen. Vielleicht ist dat eine Spur, nech?«, brummte er.

»Bist du bei der Brandstiftung schon weiter?«, fragte Dark.

Der Polizist schüttelte den Kopf. »Nee, scheint keine Zeugen zu geben.«

Max fasste sich ein Herz. »Das Foto von mir ist eine Fälschung.«

»Ganz ruhig, min Jung. Ich hab dir doch schon gesacht, ich hab dat an die Kollegen auf dem Festland weitergegeben«, winkte Polder ab. »Die prüfen dat.«

Den Spruch hatte Max in den letzten zwei Tagen schon zu oft gehört. Er weckte bei ihm nicht viel Hoffnung.

»Danke, Onno«, sagte Dark. Dann stutzte er plötzlich. »Wieso bist du eigentlich hier?«

»Ah, ach so. Jo ...« Onno Polder wirkte plötzlich verlegen. Er blickte auf seine Hände, schien sich kurz über die verknotete Mütze zu wundern, dann grinste er Dark schief an. »Ich war gerade in der Gegend, nech? Und da wollte ich dich eigentlich nur fragen, ob du wat vom Testament weißt.«

Welches Testament?, dachte Max.

»Welches Testament?«, sagte Dark.

»Na, dat vom ollen Niels, du weißt schon.«

Max beobachtete die beiden Männer. Er nahm an, dass vom alten Niels Redder die Rede war. Der war ja vorgestern erst beerdigt worden.

»Der Notar hat dat Dingens nicht«, fuhr Onno Polder fort. »Niels hat mit ihm wohl vor Jahren schon über sein Testament geschnackt und gesacht, dat er es an einem sicheren Ort aufbewahrt. Und da dachte ich, vielleicht hat er dir dat gegeben, nech?«

Dark Dönnerschlach schüttelte den Kopf, ohne den Blick vom Polizisten zu lassen. »Wieso sollte er?«

»Jo nee, ich dacht ja nur ... er mochte dich ja gern. Und sicher wäre es hier auch. War ja nur so'ne Idee, nech?«

Dark zuckte mit den Schultern. »Das Papier wird schon auftauchen, Onno. Bestimmt hat er es seiner Tochter gegeben.«

»Nee, die hat dat wohl auch nicht. Aber egal. Dann will ich dich man nicht länger aufhalten. Schönen Tach noch, nech?« Polder schob sich die verknitterte Mütze über den Schädel, nickte Max zu und trottete aus dem Büro und die Treppe hinab.

»Jetzt aber mal Butter bei die Fische!«, sagte Dark und klatschte in die Hände. Max sah ihn fragend an. »Wir haben viel zu tun«, erklärte der Stationsleiter. »Nächste Woche steigt unser großer Müllsammeltag am Strand. Es gibt noch jede Menge vorzubereiten. Vally müsste auch bald hier sein. Die wollte heute ausschlafen.«

Tatsächlich stand kurz darauf Valentine in der Tür. Zu Max' großer Überraschung sagte sie »Moin« statt »Servus«. Und statt Silberschühchen trug sie heute Trekkingsandalen. Überhaupt sah sie gar nicht mehr so fehl am Platz aus wie gestern noch. Ihre langen Haare hatte sie zu einem Pferdeschwanz gebunden und unter einer Baseballmütze verstaut. Dazu trug sie einen Kapuzenpulli und ein Paar Jeans, das ziemlich fransig ungefähr auf Kniehöhe endete. Hatte sie die selber abgesäbelt? Oder waren das sauteure, auf alt getrimmte Designerhosen? Max war sich nicht sicher, tippte aber auf Letzteres.

Während Dark seinen beiden Praktikanten erklärte, wie man möglichst viele Touristen zu einem Müllsammeltag an den Strand lockt, klingelte sein Telefon.

»Dönnerschlach.« Dark lauschte einen Moment.

»Nee du, tut mir leid. Ich weiß nicht, wo es ist. Onno hat mich auch schon gefragt.«

Wieder lauschen.

»Wird schon auftauchen, das Testament. Tschüss.« Dark steckte sein Telefon wieder in die Tasche und schüttelte den Kopf.

Valentine war sofort hellhörig geworden. »Testament? Wer ist denn gestorben?«

»Der alte Niels Redder, mit 92 Jahren. Ich glaube, den kanntest du nicht, oder?«

»Ist ja voll arg! Nein«, schüttelte Valentine den Kopf. »Wer war das?«

»Das war unser Vermieter hier. Ihm gehörte die Station.«

Das hatte auch Max nicht gewusst.

»Und jetzt? Was wird aus der Station?«, hörte Max Valentine fragen. Dieses Mädchen war ganz schön neugierig. Aber es stellte die richtigen Fragen. Max war sich nicht sicher, was überwog: seine Überraschung darüber oder sein Ärger, dass er nicht selbst darauf gekommen war, Dark danach zu fragen.

»Bleibt alles, wie es ist«, erwiderte Dark. »Unser Pachtvertrag läuft noch gut und gern 20 Jahre. Und Krista, das ist die Tochter vom alten Redder, führt sowieso schon seit ewig und drei Tagen die Geschäfte. Das wird sie auch weiterhin tun, nehme ich an. Außerdem leitet sie das Umweltamt. Krista ist unser größter Fan! Zum Glück. Wir zahlen hier ja so gut wie keine Miete, eher so ein paar symbolische Euro. Sonst könnte sich der Verein auch gar keine eigene Station leisten.«

»Cool, dann können wir ja jetzt eh mit unserem Müllprojekt weitermachen«, grinste Valentine.

Den Rest des Vormittags über planten Max, Valentine und Dark den großen Müllsammeltag. Fürs Mittagessen setzten sie sich in die Dünen und packten die Krabbenbrötchen aus, die Valentine mitgebracht hatte. Anschließend zogen sie gemeinsam mit dem Werkzeugkasten los, um die kaputten Schilder in den Dünen zu reparieren, die Max tags zuvor ausfindig gemacht hatte.

Gegen 15 Uhr hatten sie alle vier lädierten Schilder wieder fit gemacht. Und Max hatte insgeheim seinen Steckbrief über Valentine ergänzt:

– spricht zwar komisch
– stellt aber schlaue Fragen
– ist außerdem sehr geschickt mit dem Schraubenzieher
– lacht andere nicht aus, wenn die sich auf den Daumen hämmern

Nach Max' Missgeschick mit dem Hammer hatte Dark ihn sofort ans Wasser geschickt, um seinen Daumen zu kühlen. Der Finger tat schon fast nicht mehr weh, als die drei wieder an der Station ankamen. Aber Max war heiß, er freute sich auf eine kalte Limonade aus dem Kühlschrank der Teeküche.

»Litschi oder Sanddorn?«, fragte er kurz darauf und hielt Valentine zwei Flaschen zur Auswahl hin.

»Sanddorn? Ur schräg«, sagte Valentine und griff zu.

Max sah aus dem Küchenfenster. Draußen wuchtete Dark den Werkzeugkasten in den Schuppen. Max holte noch eine dritte Limo aus dem Kühlschrank, bestimmt hatte Dark auch Durst. Er öffnete das Fenster, um ihm das Getränk herauszureichen. Der Stationsleiter schloss gerade die Tür des Schuppens und hob dann die Hand, als wolle er jemanden grüßen. Kurz darauf lief eine Frau in einem graubraunen Hosenanzug auf ihn zu. Schlickfarben, dachte Max.

»Hallo Dark!«

»Krista!« Er hob abwehrend die Hände. »Ich weiß auch nicht, wo es ist! Wirklich nicht!«

»Was?« Die Frau blieb vor Dark stehen und sah ihn erstaunt an. »Wo was ist?«

»Kommst du nicht wegen des verschwundenen Testaments deines Vaters?«

»Nein.« Sie schüttelte den Kopf.

»Ach so«, sagte Dönnerschlach verdutzt.

»Dark, ich komme wegen der Vorfälle der letzten Tage«, sagte draußen die Schlickfarbenfrau und sah den Stationsleiter an wie eine Lehrerin den unartigen Schüler. Max schluckte. Diese Krista Redder gehörte bestimmt zu denen, die ihn verdächtigten, ein Brandstifter zu sein.

Sie fuhr fort: »Ich bin sehr unglücklich über die Sache mit dem alten Baum. Schon von Amts wegen, wie du dir denken kannst. Auf der Insel kursieren Gerüchte, dass ihr ihn selber angezündet habt. Als eine wilde Strandparty aus dem Ruder gelaufen ist.« Max schielte zu Valentine. Ob sie von der Sache wusste?

»Ich kann dir versichern, dass es nicht so war«, sagte Dark ruhig.

»Du versicherst es mir – aber kann ich dir überhaupt trauen? Es gibt nämlich auch Gerüchte, dass du in den Diebstahl der Schlauchboote verwickelt bist.«

»Richtig, das sind Gerüchte, Krista, mehr nicht.«

»Ich weiß nicht, was ich glauben soll, Dark. Und dass hier alte Buchen abgebrannt werden, geht mir wirklich nahe. Ich überlege darum, ob ich den Pachtvertag für das Grundstück kündigen sollte. Verdienen tue ich ja ohnehin nichts damit, wie du weißt.«

»Wie bitte?« Dark sah sie fassungslos an. »Aber das geht doch gar nicht, Krista. Unser Pachtvertrag läuft noch ewig.«

»Stimmt. Aber wenn der Pächter zum Beispiel mutwillig das Grundstück beschädigt, kann ich den Vertrag vorzeitig kündigen. Ich wollte es dir nur sagen, Dark. Damit du weißt, woran du bist. Es würde mir wirklich leidtun. Aber wenn sich die Brandstiftung nicht aufklärt, fühle ich mich mit eurem Verein als Pächter hier nicht mehr wohl. Wer weiß, was als Nächstes passiert!«

»Das ist jetzt nicht dein Ernst!« Max hatte Dark noch nie so fassungslos gesehen.

»Ich habe noch nichts entschieden. Wie gesagt, ich hoffe, dass sich alles zum Guten wendet.« Damit drehte sie sich um und ging.

»Scheiß mit Reis!«, flüsterte Valentine.

Max nickte. »Ur uncool!« Der Seemannsknoten in seinem Magen war plötzlich wieder da.

Aau aau au kjiiiau kjau kjau!

»Silbermöwe?« Valentine guckte den Jungen erstaunt an. »In deiner Hose?«

»Telefon.« Max fummelte das Gerät hervor. »Mein Freund Nicola«, erklärte er nach einem Blick auf das Display. Und dachte: Wieso weiß dieses Mädchen aus Österreich, wie eine Silbermöwe schreit? Dann nahm er das Gespräch an.

9. Kapitel

Dienstag, 11. August, 14.28 Uhr

Nicola saß schon eine ganze Weile am Strand. Statt der Gitarre hatte er heute Badesachen eingepackt. Im Meer zu schwimmen, das war der Plan gewesen, als er vormittags die »Villa Wattwurm« verlassen hatte. Am Wasser angelangt, hatte ihn jedoch der Mut verlassen. Seinen zu un-förmigen und un-gebräunten Bauch in die Öffentlichkeit halten? Lieber doch nicht! Immerhin war er der Typ, der vielleicht den Song-Wettbewerb gewonnen hatte. Oder gewinnen würde, falls es je eine Entscheidung gab. So sollten ihn die Leute sehen. Und nicht als un-sportliches Dickerchen mit dem Hautton eines Höhlenlurchs – und dem Sehvermögen eines Toastbrotes: Seine Brille war zwar endcool, aber leider nicht fürs Baden geeignet. Er hätte sie abnehmen und sich dann allein auf sein Gehör – immer dem Wellenrauschen nach! – verlassen müssen. Das wollte er sich dann doch ersparen.

Eine Weile hatte der Junge damit verbracht, im warmen Sand sitzend die lilafarbene Welt jenseits seiner Brillengläser nach Gestalten abzusuchen, die noch peinlicher waren als er. Die Socken zu Sandalen trugen. Oder Sonnencreme für Teufelswerk hielten und sich lieber versengen ließen wie Würstchen auf dem Grill. Die so breit wie hoch waren und selbst als Nichtschwimmer nicht untergingen, weil Fett bekanntlich oben schwimmte.

Aber dann hatte Nicola festgestellt, dass ihn das auch nicht aufheiterte. Im Gegenteil: So daneben er die Leute fand – sie hatten wenigstens Spaß. Und sie schienen sich einen Vogelschiss darum zu scheren, wie sie dabei auf andere wirkten. Im Gegensatz zu ihm.

Warum hatte er bloß seine Gitarre nicht dabei? Diese Selbsterkenntnisse konnte man sicher zu einem super Song verarbeiten! Aber nein, er hatte ja nur baden gehen wollen. Außerdem: Der Wettbewerb lag nun drei Tage zurück, noch immer war kein Ergebnis verkündet worden. Solange hatte es doch gar keinen Zweck, an neuen Stücken zu arbeiten, oder? Und der perfekte Reim auf »trübe Tassen« war ihm bisher auch nicht eingefallen.

Wieso war er heute nur an den Strand gekommen? Und überhaupt – wieso war er überhaupt noch auf Lumpensand, wenn sein Freund keine Zeit für ihn hatte, sondern nur für seine Silbertaucher und Krabbenmöwen! Möwentaucher und Silberkrabben? Egal! Fest stand: Max verbrachte seine Zeit offenbar lieber mit Vögeln als mit ihm.

Nicola seufzte und schloss die Augen.

Aber nur kurz.

»Sieh an, der Junge mit dem Mädchennamen!«

Nicola fuhr herum, und sah geradewegs auf Tennissocken, die in Sandalen steckten. Darin stand Arfst Okke Labersen. Nicola wusste nicht, was er sagen sollte.

»Der Sieger ohne Siegerkranz.« Labersen mimte ein anteilnehmendes Gesicht. »Aber auch der Freund von Max Lüders, verdächtig des unkontrollierten Kokelns in großem Stil.«

»So ein Blödsinn!« Nicola hatte seine Sprache wiedergefunden. »Max liebt Bäume. Fast so sehr wie Vögel. Der würde so etwas niemals machen. Warum auch? Abgesehen davon, ich wüsste gar nicht, wann er das hätte tun sollen. Wir waren die ganze Zeit zusammen.«

»Ach so … dann bist du natürlich auch verdächtig!« Nicola wusste nicht, ob der Inselblogger es ernst meinte, oder ihn bloß auf den Arm nahm. »Na, egal. Von euch beiden wird wahrscheinlich sowieso bald niemand mehr reden. Tja, tut mir leid, aber so schnell kann es gehen: Gestern noch top Neuigkeit, heute schon Fisch von gestern.«

»Hä?«

»Ja-ha, es gibt Neuigkeiten. Ich sage nur …« Labersen hob die Arme über den Kopf und ließ sie dann in einem Bogen nach vorn schnellen, als wolle er unter einem Hindernis hindurchtauchen. Nicola musste an eine Sendung über hawaiianische Volkstänze denken, die er mal im Fernsehen gesehen hatte. »… splääääschhhhh!« Labersen sah den Jungen erwartungsvoll an.

Doch Nicola blieb stumm.

»Verstehst du, splääääschhhhh! Wie in Spläsch-300! Das ist die größte und sensationellste Wasserrutsche des Universums – die Spläsch-300! Und wo wird sie gebaut? Hier! 300 Meter bei Tempo 50 und dann direkt ins Meer. Mit allem Schnickschnack, der heute technisch möglich ist. Wird auch Zeit, dass es hier nicht mehr nur um *Alle alle* geht.«

»Alle alle?« Nicola ging das alles zu schnell.

»Du weißt schon, Krabbentaucher. Der lateinische Name.«

»Äh … ja, klar.«

»Genau. Bald redet niemand mehr von deinem Freund, bald redet hoffentlich auch niemand mehr von diesen blöden Viechern und ihren Schietstürmen.«

»Sondern nur noch von … einer Wasserrutsche?«

»Genau.«

»Und, ähm … wo wird die gebaut?« Nicola interessierte es eigentlich nicht im Geringsten, wo Lumpensands neue Wasserrutsche entstehen würde. Aber erstens war er froh, überhaupt mit jemandem zu sprechen, der ihn von seinen trüben Gedanken ablenkte. Und zweitens … wenn dadurch zwar nicht Max' Unschuld bewiesen, aber zumindest das Interesse an der Sache erlahmen würde? Das wäre doch schon was!

Labersen nickte anerkennend. So als würde er die Frage gutheißen. »Das ist das Erstaunliche«, sagte er nachdenklich, »offenbar gibt es eine Baugenehmigung mitten im Naturschutzgebiet.«

»Welches Naturschutzgebiet?«

»Na, am Ostende. Kennst du doch: Ungefähr da, wo Max gezündelt hat.«

»Max hat nicht –«

»Entschuldige bitte, ich muss los. *lumpenblog.com* wartet auf Futter. Was du gerade gehört hast, soll nun die ganze Welt erfahren«, sagte Labersen und machte auf seinen Sandalensohlen kehrt. »Also tschüss und bis bald, nech?«

Die ganze Welt? Was bildete sich dieser Inselblogger nur ein?, dachte Nicola. Ob in China ein Sack Reis umfällt oder Lumpensand eine Wasserrutsche bekommt! Trotzdem interessant. Nicola zog sein Telefon aus der Tasche. Mal sehen, was Max zu diesen Neuigkeiten sagen würde.

10. Kapitel

Dienstag, 11. August, 17.35 Uhr

EXKLUSIV: KLEINE INSEL GANZ GROSS

11 August 2015

Das kleine Lumpensand kommt groß raus: Eine riesige Wasserrutsche soll bald das Ostende der Insel touristisch aufwerten. Die »Spläsch-300« wird 300 Meter lang und so schnell wie keine ihrer Art. Vor wenigen Stunden machte Investor Johannes Blank gegenüber *lumpenblog.com* das Vorhaben bekannt, für das bereits eine Baugenehmigung vorliegt.

Der Plan ist ehrgeizig: Von einem 30 Meter hohen Turm in den Dünen wird die Mega-Rutsche über eine Strecke von 300 Metern bis ins Meer führen. Vom Strand aus werden die Rutschwütigen dann per Rollband zurück zum Startpunkt befördert. »So etwas gibt es bisher nirgends auf der Welt, die Spläsch-300 wird eine ganz besondere Attraktion«, schwärmt der Investor. Über die Kosten schweigt Blank sich aus.

Pikant: Das Projekt liegt mitten im Naturschutzgebiet, direkt hinter dem Dünenstreifen am Oststrand. Die Bewilligung wurde von der Inselverwaltung gestern per Sondergenehmigung erteilt. Dazu sagt Inken Blauer-Dunst, Leiterin des Baudezernats: »Uns liegt ein Gutachten des Umweltamtes vor. Darin wird der Bau empfohlen, da er die empfindlichen Dünen nicht beeinträchtigen wird. Wir sind überzeugt, dass dieses Projekt für Lumpensand einen großen Nutzen bringt.«
Zwar hat auf Lumpensand die Zahl der Vogelforscher in jüngerer Vergangenheit stark zugenommen. Sie werden von den rätselhaften Schietstürmen auf die Insel gelockt. Doch ebendieses Phänomen schreckt immer mehr normale Urlauber ab: Seit fünf Jahren kommen jeden Sommer weniger Badegäste auf die Insel. Die Inselverwaltung hofft offenbar, mithilfe des Großprojekts wieder mehr Urlauber anzuziehen. Baubeginn soll noch dieses Jahr sein.

»Jetzt hast du's schwarz auf weiß«, sagte Nicola. »Und Blank ist im wirklichen Leben offenbar auch kein ›Big Joe‹, sondern ein ganz normaler Johannes.«

Als Max früher am Nachmittag Nicolas Anruf erhalten hatte, war er fassungslos gewesen. »Das hat dein Freund bestimmt falsch verstanden«, hatte Dark seinen Praktikanten noch zu beruhigen versucht. Max hatte gehofft, dass der Leiter der Schutzstation Recht behielt. Von den Dünen ins Meer, auf einem Fließband zurück – wie sollte das überhaupt gehen? Unter anderem lag das Grundstück der Vogelschutzstation dazwischen. Dort, wo es endete, begann die Steilküste. Für eine Wasserrutsche war überhaupt kein Platz. Hatte Max gedacht. Jetzt aber saß er im Schneidersitz auf seinem Bett, auf dem Schoß den Laptop. Und dort stand es auf dem Bildschirm, wie Nicola schon sagte: schwarz auf weiß.

»Das kann doch nicht wahr sein!«, sagte Max. Und dann: »Valentine hat heute erzählt, sie war mal auf einer Rutsche mit Doppel-Looping.«

Dann biss er sich schnell auf die Lippe. Er wollte gar nicht von Valentine reden. Aber irgendwie faszinierte sie ihn. Sie hatte den Klingelton seines Telefons ohne zu zögern als Silbermöwenschrei erkannt. Es gab kaum etwas, wofür Max mehr Anerkennung gezollt hätte. Und er hatte darauf dem gedanklichen Steckbrief einen weiteren Punkt hinzugefügt:

- spricht komisch
- stellt schlaue Fragen
- sehr geschickt mit dem Schraubenzieher
- lacht andere nicht aus, wenn die sich auf den Daumen hämmern
- offenbar auch noch Expertin für Seevögel

»Und wie fand sie ihn? Den Looping, meine ich?«, fragte Nicola.

»Ur cool, nehme ich an.« Max musste unweigerlich lächeln. Nicola verzog keine Miene. Ihm war sofort aufgefallen, dass sich etwas verändert hatte: Als Max zum ersten Mal von dieser Valentine erzählt hatte, hatte er sich über sie lustig gemacht. Doch mittlerweile klang er gar nicht mehr so spöttisch. Es schien Nicola eher so, als bewundere sein Freund das Mädchen.

»Und jetzt?«, fragte er.

Max zuckte die Schultern. »Keine Ahnung. Ich glaube, ich rufe mal Dark an«, sagte er. Bestimmt war doch alles ein Irrtum, und der Stationsleiter hatte das Missverständnis längst aufgeklärt. Er klappte den Laptop zu und tastete seine Hosentaschen ab. Wo war denn bloß sein Telefon?

Er blickte sich suchend im Zimmer um. Aber auch dort keine Spur von dem Gerät – nur Spuren von Nicola: Der Schreibtisch war von Nicolas Bonbonpapierchen und Nicolas Erdnussschalen übersät, dazwischen lag Nicolas Zahnbürste. Den Schreibtischstuhl konnte Max nicht sehen, nur anhand der Form erahnen: Er war unter einem bunten Berg aus Badetüchern und Boxershorts begraben, natürlich Nicolas. Auch der Fußboden war mittlerweile vollständig von Nicolas Habseligkeiten in Beschlag genommen. Die kleine Hügellandschaft, die der Junge dort am ersten Tag seines Besuchs verstreut hatte, hatte sich im Zimmer breitgemacht wie ein Ölteppich auf dem Ozean. Nur ein einziger Fleck ragte noch unversehrt aus dem Chaos aus Wäsche, Krimskrams und Müll hervor: Max' roter Sitzsack, sein liebstes Möbelstück. Darauf thronte Nicolas Gitarre.

»Kannst du mir mal sagen, wie ich hier mein Telefon finden soll?«, fragte Max. In seiner Stimme schwang Ärger mit. Konnte Nicola nicht mal seinen Kram aufräumen?

»Telefon finden! Meine Spezialität!«, rief Nicola und fischte sein eigenes Gerät hervor. »Ich rufe dich an, und schon hören wir, von wo die Möwe schreit.« Er tippte auf dem Display herum. Dann blickte er kurz auf: »Und, äh, Max, ich räum morgen mal meine Sachen auf, okay?«

Max nickte. Dann lauschte er gespannt. Unter welchem verschwitzten T-Shirt sein Klingelton wohl hervorkreischen würde?

Lauschen.

Stille.

Weiterlauschen.

»Kommst du nicht durch, oder was?«, fragte Max schließlich.

»Doch, bei mir klingelt es«, erwiderte Nicola. »Warte … jetzt geht deine Mailbox ran«, sagte er. Er legte auf und wählte noch einmal.

»Oh nein!« Max schlug sich beide Hände an die Stirn. Jetzt fiel es ihm wieder ein. »So ein Mist! Ich habe das verdammte Ding in der Station liegen lassen. In der Teeküche, an der Steckdose. Akku war alle.« Er angelte nach seiner Jacke, die er auf dem Bett abgelegt hatte. »Ich fahre schnell hin und hole es.«

Einige Minuten später fuhr Max bereits an den Salzwiesen vorbei. Mit Rückenwind düste er den Dünenweg entlang, als es passierte: In seiner Hast schaltete Max zu schnell hoch.

Krrrrk.

Schon trafen seine Füße auf keinen Widerstand mehr beim Treten der Pedale. Die Kette war raus. Und der Schraubenzieher? An den hatte er seit gestern früh nicht mehr gedacht. War ja auch gut gegangen. Bis hierher. Und nun? Sollte er das Rad einfach liegen lassen und laufen? Von hier zur Vogelschutzstation und wieder zurück – das waren bestimmt drei Kilometer. Er verzog das Gesicht. Zu Fuß eindeutig zu weit.

Max seufzte und drehte sein Rad in die Richtung, aus der er gekommen war. Dann lieber zurück nach Hause schieben und den blöden Schraubenzieher suchen. Oder eines der Fahrräder nehmen, die sein Vater an die Gäste verlieh. Im Schuppen standen immerhin fünf Stück davon.

Als er etwas später wieder in der »Villa Wattwurm« ankam, stellte sein Vater sich ihm mit einer dampfenden Pizza Salami in den Weg. »Abendessen!«, rief er, und Max merkte, dass er einen Riesenhunger hatte. Vielleicht musste sein Telefon doch noch warten.

In der Küche saß Nicola bereits am gedeckten Tisch.

»Sind eigentlich die gestohlenen Schlauchboote wieder aufgetaucht?«, fragte Max' Vater, als er auf allen drei Tellern ein großes Stück Pizza platziert hatte.

»Nein«, sagte Max kauend. »Die Polizei ermittelt.«

»Oje, da hab ich aber nicht viel Hoffnung«, sagte sein Vater. »Und was gibt's sonst Neues bei euch?«

»Hast du von dieser Wasserrutsche gehört?«, gab Max zurück.

»Von welcher Rutsche?«

»Na, von dieser Spläsch-300, die im Naturschutzgebiet am Oststrand gebaut werden soll.«

»Das stand auf *lumpenblog.com*«, ergänzte Nicola.

»Im Naturschutzgebiet?«, fragte Vater Lüders verwundert. »Bist du dir da sicher?«

»Das hat der Inselblogger so gesagt.« Max zuckte die Schultern. Er wusste ja selber nicht, ob er die Sache glauben sollte.

»Erstaunlich«, fand sein Vater. »Das scheint mir –« Das Klingeln seines Telefons unterbrach ihn mitten im Satz. Er sah auf das Display. »Ist bestimmt Frau Ircksens Vertretung. Das dauert länger, esst ohne mich weiter«, sagte er und verschwand im Nebenzimmer.

Zwanzig Minuten später schob Max eines der schweren und viel zu großen Gästeräder aus dem Fahrradschuppen. Seinen Schraubenzieher hatte er auf die Schnelle nicht gefunden. Durch das erleuchtete Wohnzimmerfenster sah Max seinen Vater, immer noch am Telefon. Nicola kam von der Terrasse auf ihn zu. »Kann dein Handy nicht bis morgen warten?«, fragte er. »Es dämmert ja schon.«

Max blickte kurz zum Himmel. Nicola hatte recht. Andererseits: Wenn er sich beeilte, wäre er in einer halben Stunde wieder da. Bevor es wirklich dunkel war. Und vor allem: mit seinem Telefon! Er seufzte. »Ist ja nicht weit. Ich bin gleich zurück.«

»Bist du sauer, wenn ich nicht mitkomme?«, fragte Nicola.

»Quatsch.« Den kurzen Weg würde Max gut alleine schaffen. Wahrscheinlich sogar besser als mit Nicola im Schlepptau. Max sah seinen Freund an. Der schien irgendwie bedrückt. War er beleidigt, weil Max sich über das unaufgeräumte Zimmer beschwert hatte? Oder stimmte etwas anderes nicht? Als vorhin kurz die Sprache auf Valentine gekommen war, hatte er ganz komisch geguckt.

»Gut«, sagte Nicola jetzt. »Ich würde nämlich gern an meinem Song weiterarbeiten.« Er lehnte sich ganz nah zu Max und wisperte geheimnisvoll hinter vorgehaltener Hand: »Ich bin kurz davor, den perfekten Reim auf ›trübe Tassen‹ zu finden.« Max musste lachen. Die Regenwolke über Colas Gemüt schien schon wieder vorbeigezogen zu sein.

»Bin gespannt«, grinste Max und fuhr los.

Wir stehen am Fenster und blicken hinaus. Die Armbanduhr, die ich vergangenes Jahr zur Konfirmation bekommen habe, sagt: fünf Uhr dreißig. Doch draußen ist tiefschwarze Nacht. Die ersten Blitze zucken, Hagel kracht gegen die Scheibe. Unser Nachbar hat Tee gekocht, einen Schuss Rum dazu. Er sagt: »Trink das, Junge.« Ich gehorche. Und das Gebräu wärmt mich. Das Mädchen bekommt warmen Kakao. Der Nachbar wiegt nachdenklich den Kopf, aber er sagt nichts. So sind wir hier auf Lumpensand, wir reden nicht viel. Der Orkan rüttelt derweil an den Fensterläden, pfeift durchs Reetdach. Das Haus ächzt. Plötzlich flackern die Glühbirnen, dann gehen sie aus. Stromausfall. Die Kleine fängt an zu weinen, der Nachbar nimmt sie auf den Arm und summt ein Lied für sie, bis sie sich beruhigt. Dann holt er eine Petroleumlampe. Doch selbst deren Flamme flackert: Der Sturm hat sich irgendwo, irgendwie einen Weg in das Holzhaus gebahnt, auch wenn er hier drinnen nur als schwacher Hauch zu spüren ist. Draußen hat der Hagel aufgehört. Stattdessen stürzt Regen vom Himmel wie aus Kübeln. Ab und zu zuckt ein Blitz durch die Finsternis. Jetzt redet der Nachbar doch: »Windstärke 12. Mehr geht nicht.«

11. Kapitel

Dienstag, 11. August, 21.49 Uhr

Als Max die Station schließlich erreichte, war es doch schon dunkler, als er erwartet hätte. Der Himmel war zugezogen, Wolken schluckten, was immer an Dämmerlicht noch von Westen über die Insel scheinen mochte. Max stieg von dem schweren Rad und schob es in den Ständer am Haus. Mann, war das finster. Er hätte sich den Weg gern mit seinem Telefon beleuchtet – aber das lag ja auf dem kurzen Tresen in der Teeküche, friedlich zwischen Kaffeemaschine und Mikrowelle. Vorsichtig setzte er Schritt um Schritt, mit der Hand tastete er sich an dem Gebäude entlang. Das tagsüber so fröhliche Lila der Wand wirkte in der Düsternis pechschwarz. In ihrem Gehege veranstalteten Copy und Paste ihr übliches Theater, als sie ihn bemerkten.

Max ertastete die Türklinke. So allein im Stockdunkeln war ihm nicht wirklich wohl. Hatte da nicht etwas im Haus gescheppert? Max lauschte in die Dunkelheit. Er hörte nur das nahe Meer rauschen. Und den Wind, der sanft durch den Strandhafer pinselte. Er zog seinen Schlüssel aus der Tasche, steckte ihn ins Schloss und drehte nach rechts. Nichts geschah. Komisch, es war gar nicht abgeschlossen. Der Junge trat einen Schritt zurück. Was hatte das zu bedeuten? Er fühlte, wie sein Herz schneller zu klopfen begann. Sein Kopf sagte: Dark hat wieder vergessen zu verriegeln. Das passierte doch ständig. Aber sein Bauch war nicht recht überzeugt.

»Reiß dich zusammen«, zischte er sich selbst zu. Mit leeren Händen umkehren, wäre schließlich auch bescheuert. Also drückte Max die Klinke, stieß die Tür auf und tastete nach den Lichtschaltern im Flur.

Im ersten Moment war er von dem grellen Schein so geblendet, dass er unwillkürlich die Augen zusammenkniff. Doch noch bevor er sie öffnete, atmete Max erleichtert aus. Licht! Jetzt sah die Welt gleich ganz anders aus.

Er ging durch den hell erleuchteten Flur und den großen Arbeitsraum mit dem alten Kamin, voller Pappkartons mit Akten. Oder war es in Wahrheit Altpapier? Das hatte Max bislang nicht herausfinden können. Dahinter lag die Teeküche.

Knarz, knarz, knarz.

Die Holzdielen ächzten unter seinen Füßen. Bei Tage war ihm das noch nie aufgefallen.

Knarz … klonk.

Klonk? Max blieb stocksteif stehen. Das war nicht unter seinen Füßen gewesen, das kam von über seinem Kopf. Irgendwo im ersten Stock musste etwas Hartes und Schweres auf den Boden gefallen sein. Max blickte sich unsicher um. »Dark?« Seine Stimme klang ängstlicher als geplant.

Niemand antwortete.

Konnte das überhaupt Dark sein? Warum war dann kein Licht angewesen? Max spürte, wie sein Herz wieder schneller klopfte. Halbherzig machte er ein paar Schritte in Richtung Flur und Treppe.

Da hörte er, wie jemand mit Schwung die Balkontür im Obergeschoss öffnete. Augenblicke später ein dumpfer Aufprall hinterm Haus. Wer immer das war, musste vom Balkon gesprungen sein. Max hastete ans nächstgelegene Fenster. Er erkannte im Schein der funzligen Außenbeleuchtung eine Gestalt in Trainingshosen. Der Kopf war unter einer Kapuze verborgen. Das einzige, was Max erkennen konnte, war eine Stirnlampe, deren schmaler Lichtkegel durch die Dunkelheit schnitt. Wie ein Laserschwert, dachte Max.

»Halt, stehen bleiben!«, rief er im nächsten Moment – nicht. Er konnte nicht, seine Stimmbänder waren wie gelähmt. Stumm sah er zu, wie sich die Gestalt aufrappelte und in Rekordtempo Richtung Strand verschwand. Ein paar Mal sah Max noch den Strahl der Lampe aufblitzen, dann war es dunkel.

Er ging zurück in den Flur und die Treppe hinauf. Durch die offene Balkontür wehte ein kühler Wind in Darks Arbeitszimmer. Max schloss sie mit zitternden Händen. Dann schaltete er das Licht an. Der Raum sah aus wie immer. Nur auf dem Boden lag ein Fernglas. Der Eindringling hatte es offenbar aus Versehen vom Tisch gestoßen. Das musste das Geräusch gewesen sein, das Max gehört hatte.

Sein Herz klopfte noch immer wie wild. Er musste sofort Dark anrufen! Tastend suchte er in seiner Hosentasche nach seinem Telefon. Ach so, natürlich – es lag ja noch unten in der Teeküche. Max musste sich zwingen, ruhig zu atmen. Er lauschte. Selbst durch die geschlossenen Fenster konnte er das stete Rauschen der Brandung hören. Sonst nichts. Er atmete tief durch.

Da mischte sich unter das Wellenrauschen ein leises Gurgeln.

Das Gurgeln einer Klospülung.

Die Klospülung im Erdgeschoss!, schoss es Max durch den Kopf. Die hatte sich bestimmt nicht von allein betätigt. Irgendjemand war also noch im Haus, offenbar ein zweiter Einbrecher! Nummer eins war vom Balkon gesprungen, als er Max bemerkt hatte. Nummer zwei hatte von der überstürzten Flucht seines Partners wahrscheinlich noch gar nichts bemerkt. Sondern saß seelenruhig und vor allem ahnungslos auf der Toilette. Max spürte, wie in seinem Bauch ein Schalter umgelegt wurde. Die Angst war verflogen, er fühlte Wut in sich aufsteigen. Gut möglich, dass diese Person etwas mit den Ereignissen der letzten Tage zu tun hatte. Mit den Ereignissen, die sein Leben im Nullkommanichts aus den Fugen gebracht hatten. Max ballte die Fäuste. War er eben noch zu langsam gewesen und zu zögerlich, war er nun wild entschlossen: Nummer zwei würde ihm nicht entkommen.

Er schlich die Treppe hinunter und atmete tief durch: Leise bis drei zählen, dann die Tür aufreißen. Gnadenlos. Wahrscheinlich auch leichtsinnig, aber egal!

Eins – er holte tief Luft.

Zwei – er legte die Hand auf die Klinke.

Drei! Mit aller Kraft riss er die Tür auf. Zumindest fast. Oder besser: Er hätte sie gewiss aufgerissen, wenn sie nicht abgeschlossen gewesen wäre. Max zog noch einmal an der Klinke, die Tür bewegte sich keinen Millimeter. Und nun? So schnell seine Wut hochgekocht war, so rasch versickerte sie wieder in einer abgelegenen Ecke seiner Magengrube. Und die Angst kam zurück. So viel zum Überraschungsmoment. Wer immer sich dort drinnen befand, wusste nun, dass er draußen erwartet wurde. Was bin ich nur für eine Trottellumme?, dachte Max.

Da drehte auf einmal von innen jemand mit sanftem *Klick* den Riegel auf. Der Junge erstarrte.

Die Tür schwang auf. Und Max blickte geradewegs in die blauen Augen von Valentine Uhudel.

12. Kapitel

Dienstag, 11. August, 23.39 Uhr

Nicola zwinkerte Tom zu, der Schlagzeuger hob seine Trommelstöcke über den Kopf und schlug sie zusammen: eins, zwei, drei … Jule schrummte über die Basssaiten, dass die ganze Bühne zu beben schien. Die brennenden Bäume, offenbar ein Teil der Dekoration, schaukelten jedenfalls schon bedenklich.

»Cola!«

Nicola schloss die Augen, vollführte auf den Hacken eine halbe Drehung, griff blind an den Mikrofonständer – und hielt statt des Mikros einen kleinen schwarz-weißen Vogel in der Hand.

»Hallo, Cola!«

Vor Schreck kackte ihm das Tier in die Hand, der warme Brei lief Nicola den Arm runter.

»Cola, wach schon auf!«

Aufwachen?

»Hey, müssen wir bis morgen früh warten, oder was?«

Morgen früh? Nicola öffnete vorsichtig ein Auge. Grelles Licht traf ihn direkt in die Pupille. Blöde Scheinwerfer! Hatte er etwa seine Sonnenbrille vergessen? Er trat doch nie ohne auf!

»Der ist ja damisch! Max, ich glaube, der träumt gerade ur tief.«

Was war das denn für eine Stimme? Und was war das für eine Sprache?

Nicola fuhr hoch, riss die Augen auf und sah im Licht einer Taschenlampe Max neben seiner Matratze hocken, neben ihm, ziemlich unscharf, ein ziemlich hübsches Mädchen mit langen blonden Haaren. Und er selbst? Oben ohne und in seiner zweitältesten Unterhose. Wie unangenehm. Dass dafür die Vogelkacke nur ein Traumgespinst gewesen war, genau wie der ganze Auftritt der Hochdruckgebeats zwischen den brennenden Bäumen, machte die Sache nur unwesentlich besser. Eilig zog er seinen Schlafsack über die blasse Brust bis unters Kinn.

»Ich … Max, wieso weckst du mich auf, wie spät ist es eigentlich? Wo ist meine Brille? Und wieso dürfen hier Mädchen rein?«

Sein Freund beantwortete nicht eine einzige seiner Fragen. »Nicola, das ist Valentine Uhudel.«

»Darfst Vally zu mir sagen.« Das Mädchen lächelte verschwommen. Wo hatte Nicola nur die Brille hingelegt?

»Wir haben uns draußen an der Station getroffen, als ich nach meinem Handy gesucht habe.« Schön, und wieso schleppte sein Freund ihm jetzt diese Vally ans Bett? »Und wir haben noch jemanden getroffen.« Aha.

»Na, getroffen stimmt jetzt aber nicht so recht«, sagte die verschwommene Vally.

»Nicola, jemand ist in die Station eingebrochen! Ich habe den Kerl überrascht, und er ist vom Balkon gesprungen und geflohen.«

»Oder die Kerlin«, fügte Valentine hinzu. »Vielleicht war es auch eine Frau.«

Und dann erzählte Valentine, wie sie abends einfach losgelaufen war, um bei Sonnenuntergang am Strand Fotos zu machen. Wie sie ihrem Onkel Dark nicht Bescheid gesagt hatte, weil der sich schon zum Lesen in sein Schlafzimmer zurückgezogen hatte, und weil er sie womöglich so spät und ganz alleine gar nicht hätte gehen lassen. Wie sie dann bis zur Vogelschutzstation am Strand geschlendert war und in der Dämmerung kurz ins Haus ging, um die Toilette zu benutzen. »Ich piesel ja nicht einfach an den Strand«, fügte sie hinzu. »Ich hatte kein Licht gemacht, es war noch ein bissi Dämmerung da. Ich hab gleich gemerkt, dass Dark vergessen hatte, abzuschließen. Als ich dann auf der Toilette sitze, höre ich plötzlich, wie jemand reinkommt und die Stiegen hinaufgeht. Erst denke ich, der Dark sucht mich, aber er hätte ja nach mir gerufen. Mir war die Sache unheimlich, also bin ich erst mal sitzen geblieben.«

Inzwischen war Nicola hellwach. Vergessen war sein Traum. Und, dass er halb nackt vor einem fremden Mädchen saß? Auch vergessen! Er hatte seine Brille ertastet und auf die Nase geschoben: viel besser!

Valentine fuhr fort: »Kurz darauf höre ich dann noch einmal jemanden im Vorzimmer rumoren.«

»Im Flur. Ja, das war ich«, ergänzte Max.

»Aber das wusste ich ja nicht. Wenn ich nicht schon auf dem Klo gesessen wäre, hätte ich mir vor Angst in die Hosen gemacht.« Nicola musste kichern. Dieses Mädchen war schon ziemlich lustig. Ob Max deswegen so begeistert von ihr war?

»Aber warum hast du eigentlich kurz darauf die Spülung gezogen? Das hat dein Versteck verraten«, sagte Max.

»Das war keine Absicht, du Superg'scheider. Ich hab mich halt hinten angelehnt, das hat die Spülung ausgelöst.«

»Was sagt denn euer Chef dazu?«, fragte Nicola.

»Nichts. Onkel Dark schläft. Hoffe ich zumindest. Wenn er jetzt wach wird und merkt, dass ich weg bin, wird er bestimmt ur panisch!« Valentine nagte an ihrer Unterlippe. »Und ihn jetzt zu wecken würd eh nichts ändern. Aber ich geh jetzt mal heim. In der Früh erzähle ich Dark alles, dann treffen wir uns an der Station, okay?«

»Okay!«, nickte Nicola mit ernster Miene.

»Nein, du nicht«, erwiderten Max und Valentine beinahe im Chor.

»Wie – ich nicht?« Was war das denn jetzt, wollten sie ihn nicht dabeihaben? Was drängte sich dieses Mädchen einfach zwischen ihn und seinen besten Freund?

Aber Valentine sah ihn eindringlich an: »Nein, wir müssen uns aufteilen. Wir dachten, du sprichst mal ein paar Takte mit der Arschsocke.«

»Arsch.. ?«

»Arfst Okke«, grinste Max. »Ich bin sicher, AOL weiß mehr, als er schreibt. Und wenn nicht: Dann erzählst du ihm, was heute Nacht an der Station los war. Ich meine, das kommt doch jetzt alles ein bisschen dicke, das sind doch keine Zufälle mehr. Mit den falschen Anklagen und jetzt dem Einbruch. Und dazu auch noch dieser irren Rutschengeschichte.«

Klang nach einem Plan. Nicola nickte, Valentine verabschiedete sich und Max ging Zähne putzen. Keine zehn Minuten später hörte Nicola ein leises Schnarchen aus Max' Bett. Sein Freund war einfach eingeschlafen.

13. Kapitel

Mittwoch, 12. August, 5.30 Uhr

Nicola hatte das Gefühl, eben erst weggedämmert zu sein, als ihn ein nervtötendes Piepsen aus dem Schlaf riss. Max' Wecker. »Keine Zeit verlieren«, hörte er Max murmeln.

Eine halbe Stunde später waren beide Jungen angezogen, hatten sogar ein paar Bissen gefrühstückt, und als dann Max' Vater mit hoffnungsvollem Blick aufgetaucht war, hatten sie ihn schweren Herzens stehen lassen. Nein, heute musste er leider selbst zum Bäcker gehen.

Eine weitere halbe Stunde später stand Nicola allein vor dem Haus mit der Adresse, die Max ihm gegeben hatte. Hier wohnte also dieser Labersen. Hinter einer niedrigen, von Hagebuttenbüschen bewachsenen Steinmauer lag ein kleiner Vorgarten mit Rasen, der aussah, als würde er mit der Nagelschere gepflegt. Der Kiesweg bis zur Haustür schien so makellos, dass Nicola kurz überlegte, ob er besser die Schuhe ausziehen sollte, damit die Steinchen nicht schmutzig würden. Vor allem aber überlegte er, ob man hier eigentlich um kurz nach halb sieben bei wildfremden Menschen anklopfen durfte. In Hamburg eher nicht. War das auf einer Insel wie Lumpensand anders?

Er würde es herausfinden. Oder sollte er doch besser wieder gehen? Eigentlich fühlte er sich überhaupt nicht wohl hier. Er kannte diesen Inselblogger doch gar nicht. Aber wenn Nicola sich nicht vor Max und Valentine blamieren wollte, musste er jetzt mit Arfst Okke Labersen reden.

Klopf.

Nichts.

Klopf, klopf.

Hatte sich da nicht etwas bewegt?

Klopf, klopf, Doppelklopf!

Quietschend ging die Tür auf, und eine grauhaarige, schmale Frau sah den Jungen misstrauisch an. Das war nicht AOL.

»Sie sind nicht AOL«, sagte Nicola, weil ihm nichts Besseres einfiel. Es war immerhin erst kurz nach halb sieben.

»AOL? Ist das eine Krankheit? Eine Partei? Habe ich wieder irgendwas unterschrieben …«

»Ich … Entschuldigung, ich meine, also erst mal guten Morgen. Ich heiße Nicola Mustermann und wollte eigentlich zu AOL … also zu Herrn Labersen.«

»Herr Labersen.« Die Frau lächelte schmal. »Arfst Okke schläft noch. Nehme ich jedenfalls an. Der wohnt auf der Rückseite. Einmal ums Haus herum, da hat mein Sohn sein … ich glaube, er nennt es Büro.«

Quietsch.

Bumm.

Tür zu.

Nicola blickte noch ein paar Augenblicke gegen die gelb getönten Butzenscheiben der schweren Holztür. Mit dem lila seiner Brille ergab das einen wirklich interessanten Farbton. Dann schüttelte er sich kurz und überlegte, ob er links oder rechts um das Haus von Mutter Labersen gehen sollte. Rechts musste er weniger von dem handfrisierten Rasen überwinden. Also rechts. Schlief der Blogger noch? Tja … konnte Nicola darauf jetzt Rücksicht nehmen?

Klopf, klopf, Doppelklopf!

Nichts.

Klopf, klopf, Doppelklopf!

Immer noch nichts. Oder doch? Nicola meinte, etwas zu hören und tatsächlich, wenige Augenblicke später öffnete sich die Tür und Arfst Okke Labersen stand vor Nicola, in einem knielangen geblümten Nachthemd, aus dem dürre, behaarte Beinchen ragten. Dagegen kam ich gestern Abend wahrscheinlich sogar noch ganz passabel rüber, dachte Nicola.

»Ja?«

Die Stimme des Inselbloggers riss Nicola aus seinen Gedanken. »Äh, ja … hallo, guten Morgen.«

»Guten Morgen.«

Oh Mann, das lief nicht besonders gut. »Ja, äh … ich bin's, der Junge mit dem Mädchennamen.«

»Na klar: Deichvorland, Fischbestand, weißer Strand! Das war echt gut. Nicht so gut nur, dass es noch immer keine offiziellen Gewinner gibt, oder? Aber deswegen hast du mich nicht aus dem Bett geklingelt, nehme ich an.«

Der Blogger sah Nicola in die Augen, aber ohne Missgunst oder Feindseligkeit. Nur etwas müde.

»Nein«, erwiderte Nicola, »nicht deswegen. Sondern weil ich … weil wir Ihre Hilfe brauchen.«

»Aha. Erstens: Wer ist wir? Und zweitens: Kannst du bitte aufhören, mich zu siezen. So alt bin ich gar nicht!«

»Zweitens gern und erstens, das sind hauptsächlich mein Freund Max und ich. Aber auch Valentine aus Österreich und natürlich ihr Onkel Dark, die …« Und dann erzählte Nicola alles, was er wusste.

Der Inselblogger unterbrach ihn kein einziges Mal. Als Nicola fertig war, nickte Labersen nur knapp: »Das klingt fischig.« Dann ergänzte er: »Auf jeden Fall sehr sonderbar, was da alles an der Vogelschutzstation passiert. Wenn es wirklich einen Zusammenhang gibt zwischen den brennenden Bäumen, den verschwundenen Booten, dem Einbruch in der Station und dem Bau der Wasserrutsche, dann … halleluja!«

»Das heißt, Sie helfen uns?«

»Du hilfst uns!«

»Ich?«

»Nein, ich. Aber nicht als Sie, sondern als du! Egal, ich werde mich mal umhören. Meine Kontakte spielen lassen, verstehst du? Und wenn ihr irgendwas Neues erfahrt, sagt mir umgehend Bescheid, okay?«

Nicola rollte mit den Augen. Er war sich nicht sicher, was er von diesem Labersen halten sollte. Irgendwie lustig, irgendwie peinlich. Ob seine Hilfe wirklich viel wert war?

Da hörte er auf einmal ein Rauschen. Woher kannte er dieses Geräusch? Bevor es ihm einfiel, hatte der Inselblogger Nicola gepackt und über die Türschwelle gezogen. Keinen Moment zu früh, denn schon pladderte draußen der nächste Schietsturm nieder.

14. Kapitel

Mittwoch, 12. August, 7.30 Uhr

»Fällt euch wirklich nichts auf?« Dark Dönnerschlach stand neben seinem Schreibtisch im Arbeitszimmer im Obergeschoss der Schutzstation und sah Max und Valentine erwartungsvoll an. »Auf diesem Schreibtisch befindet sich der Beweis dafür, dass unser Besucher gestern Nacht in meinen Papieren gewühlt hat.«

Max blickte auf den Tisch, aber er konnte einfach nichts Ungewöhnliches erkennen. Der Monitor stand da, alle Papiere lagen wie in den Tagen zuvor auf zwei Plastikfächer verteilt: »Krimskrams« und »Projekte«. Im Krimskrams-Stapel sah Max Rechnungen, Reparaturlisten, Kassenbelege und den gelben Notizzettel, den er selbst am Sonntagvormittag von der Eingangstür auf den Schreibtisch befördert hatte. Unter »Projekte« war alles gesammelt, das für den Müllsammeltag wichtig war. Auf jedem der beiden Stapel saß wie immer ein schwerer steinerner Seevogel, der die Papiere bei geöffneter Balkontür gegen den Wind sicherte.

»Jetzt schaut doch mal ganz genau hin!«

Der Krimskrams links. Die Projekte rechts. Es sah genau so aus wie immer, fand Max. Auch die Specksteinvögel starrten so unbeeindruckt vor sich hin wie eh und je. Jeder auf seinem Platz: Der Kormoran saß auf den Projekten, der Pinguin auf dem … Moment mal! Das war es.

»Die Vögel!«, sagte Max. »Der Kormoran gehört doch zum Krimskrams! Und der Pinguin zu den Projekten!«

»Genau«, erwiderte Dark. »Unser nächtlicher Besucher hat hier herumgeschnüffelt und dabei aus Versehen die Vögel vertauscht.«

»Und hat er was gestohlen?«, fragte Valentine.

»Nein, ich habe alles überprüft. Was auch immer der Eindringling gesucht hat – er hat es nicht gefunden. Wahrscheinlich war er auf Bargeld aus.«

»Hast du schon die Polizei alarmiert?«, fragte Max.

»Ich rufe nachher Onno an, damit er Bescheid weiß. Aber es ist ja nichts kaputt gegangen oder entwendet«, winkte Dark ab.

»Aber was, wenn der Typ wiederkommt?« Max schauderte bei dem Gedanken an die dunkle Gestalt auf dem Balkon.

»Keine Panik, Max! Das wird uns so schnell nicht mehr passieren. Ich hatte gestern vergessen, die Tür abzuschließen. Nur darum konnte hier überhaupt jemand reinspazieren. Den Fehler mache ich bestimmt nicht so schnell wieder. Ab jetzt wird abgeschlossen.«

»Ich bitte darum!«, sagte Valentine streng.

Dark schickte ihr einen ebenso strengen Blick zurück. »Und *ich* bitte darum, dass meine elfjährige Nichte nie wieder heimlich mitten in der Nacht mein Haus verlässt, um im Dunkeln in gottverlassenen Gebäuden herumzugeistern. Verstehen wir uns?«

Valentine nickte. »Ja, passt schon.«

Max war froh, dass er mit seinem Vater gestern Abend keinen Ärger bekommen hatte. Der war, geplättet von seinem stressigen Tag, um kurz nach neun auf dem Sofa eingeschlafen. Er hatte Max' lange Abwesenheit gar nicht bemerkt.

Da klopfte es unten laut an der Tür. Schon wieder Besuch? Max wunderte sich. Um diese Zeit? Auch Valentine und ihr Onkel hatten aufgehorcht. Dark polterte die Treppe runter.

Kurz darauf kam er mit einem verschlossenen Briefumschlag in der Hand zurück ins Büro. Max fiel sofort auf, dass seine Miene sich verfinstert hatte. Der Stationsleiter ließ sich auf den Schreibtischstuhl fallen und blickte auf den per Hand geschriebenen Absender. »Das verheißt nichts Gutes«, sagte er.

»Wieso?«, fragte Valentine besorgt.

»Von Krista Redder, der Tochter unseres verstorbenen Vermieters«, sagte Dark, während er mit dem Finger den Umschlag aufriss. Er fummelte ein dicht beschriebenes Blatt Papier heraus und entfaltete es. Schweigend las er.

»Krabbentaucherkacke!«, sagte er tonlos, als er den Brief wieder zusammenfaltete. »Das hier ist die fristlose Kündigung unseres Pachtvertrags. Der Verein zum Schutz der Seevögel auf Lumpensand e.V. soll spätestens am 30. September hier ausziehen. Wegen Beschädigung der Mietsache sowie, so steht es hier, einer Serie an bedenklichen Vorfällen, die eine Wertminderung des Grundstücks zur Folge haben könnten.«

»Ist die deppert?«, rief Valentine. »Darf die das denn, diese Frau Redder?« Gute Frage, fand Max.

»Gute Frage«, erwiderte Dark. »Das werde ich jetzt wohl mal herausfinden. Ich bezweifle es. Ich muss unseren Anwalt anrufen.«

In dem Moment klingelte Darks Telefon. Er sah auf das Display. »Erna Emmersen vom Heimatverein. Bitte nicht!«, stöhnte er und drückte die Anruferin weg. Er atmete einmal tief durch und begann, auf seinem Telefon herumzutippen. Dann hielt er kurz inne: »Hört mal, ich werde heute sicher den ganzen Tag mit dieser Kündigungsgeschichte beschäftigt sein. Aber unsere Plakate für die Müllsammel-Aktion sind seit gestern Abend fertig und warten im Copyshop darauf, abgeholt zu werden. Könntet ihr das übernehmen und sie bitte in die wichtigsten Schaufenster der Insel kleben?«

»Klar, machen wir«, sagte Max. Er hatte ein mulmiges Gefühl im Magen. Was, wenn die Vogelschutzstation in wenigen Wochen wirklich heimatlos würde? Das hätte er gern Dark gefragt, aber der sprach schon in sein Telefon.

»Los, komm!«, Valentine zog ihn zur Tür.

Als sie zum Fahrradständer gingen, fühlten sich Max' Beine schwer wie Blei an. Was war das nur für ein Sommer? Dabei hatte er sich so sehr auf diese Ferien gefreut. Auf das Geschrei der Seevögel, die Kot-Untersuchungen, und auch auf das Grillen am Strand. Und die erste Woche seines Praktikums war ja auch genau so verlaufen. Nur was hier gerade passierte, hatte damit nicht mehr viel zu tun. Das war nichts für ihn, echt nicht: zu aufregend. Zu verworren. Und zu frustrierend, wenn er sich die Bilanz der vergangenen Tage ansah:

– Vor vier Tagen: zum Brandstifter und Baummörder erklärt

– Vor drei Tagen: als Schlauchbootdieb verdächtigt

– Letzte Nacht: einen Einbrecher auf frischer Tat ertappt

– Heute: die fristlose Kündigung des Pachtvertrags miterlebt

Und was war jetzt eigentlich mit dieser sonderbaren Wasserrutsche? Gestern hatte er deswegen ganz dringend Dark anrufen wollen. Als er dann sein Telefon endlich am späten Abend in der Vogelschutzstation vom Ladegerät zog, dachte er gar nicht mehr an die Spläsch-300. Nur noch an die Gestalt im Dunkeln, die vor ihm geflohen war.

Valentine unterbrach seine trüben Gedanken. »Max, glaubst du wirklich, dass unser Besucher nur zufällig reingekommen ist? Weil die Türe nicht zugesperrt war?«

Max dachte kurz nach. »Nein. Der hatte eine Stirnlampe auf. So etwas hat man doch nicht zufällig dabei.«

»Und wenn die Tür verriegelt gewesen wäre?«, fragte Valentine nachdenklich.

»Dann wäre er eingebrochen.«

»Dark glaubt, er hat Bargeld gesucht. Wo würdest du eigentlich nach Geld suchen?«

Worauf wollte sie hinaus? »Hm, keine Ahnung. Bei uns zu Hause liegt immer ein bisschen was in der Küchenschublade rum. Da hätte ich wahrscheinlich nachgeschaut.«

»Genau. Mein Papa hat so eine Geldlade am Nachtkastel. Und meine Mama hat im Büro einen Safe.«

»Ja, und?«

»Hast du schon mal jemanden getroffen, der sein Geld in Plastikkasteln aufbewahrt, auf denen ›Krimskrams‹ und ›Projekte‹ steht?«

»Nein, eigentlich nicht.«

»Ich auch nicht. Hättest du dort also nach Geld gesucht, wenn du es hättest fladern wollen? Also ich meine: stehlen?«

Max ahnte langsam, was Valentine meinte. »Eher nicht. Du denkst also, unser Eindringling wollte gar kein Geld?«

»Genau. Geld sucht man an anderen Orten. Und wer Geld sucht, legt auch nicht alle Zettel wieder ordentlich übereinander. Ich glaub, unser nächtlicher Gast hatte es auf etwas anderes abgesehen.«

Das klang einleuchtend. »Etwas anderes. Aber was?«

»Das würde ich gern wissen«, sagte Valentine. »Komm, gemma!«

»Gemma?« Max verstand nicht.

»Ge-hen mer! Also: wir!« Valentine grinste und schwang sich auf das klapprige Damenrad.

Da stürzte Dark Dönnerschlach aus der Tür. »Wartet!«, rief er. Valentine bremste scharf. »Vally, ich muss aufs Festland fahren. Unser Anwalt braucht sämtliche Ordner mit Unterlagen über unseren Pachtvertrag und will sich mit mir persönlich besprechen. Wir nehmen die nächste Fähre und kommen morgen Nachmittag wieder zurück. Du kannst schon mal nach Hause und deine Sachen packen.«

»Wieso denn ich? Ich will nicht aufs Festland!«, protestierte Valentine.

»Und ich will dich nicht allein hier zurücklassen«, sagte Dönnerschlach. »Es ist niemand da, der sich um dich kümmern kann.«

»Aber ich kann doch bei Max übernachten!«

Wie bitte? Max stutzte. Hatte Valentine sich gerade wirklich zu ihm eingeladen? Was würde sein Vater dazu sagen? Wahrscheinlich wenig, er hatte viel zu viel um die Ohren, um sich zu wundern. Aber was würde Nicola denken?

»Oder, Max?«, hörte er jetzt Valentine fragen.

»Äh«, stammelte Max. In seinem Zimmer könnte sie unmöglich schlafen, das kam nicht infrage. Und alle Pensionszimmer waren ausgebucht. Aber sie könnte sich im Wohnzimmer aufs Sofa legen. Ja, das würde gehen. »Klar, wir haben genug Platz!«, sagte er. »Ich ruf schnell meinen Vater an.«

Eine Minute später hatte Max' Vater dem Plan zugestimmt, und Dark Dönnerschlach war wieder in seinem Büro verschwunden. Er musste ordnerweise Akten zusammensammeln, bevor die Fähre ablegte. Max und Valentine aber radelten Richtung Copyshop, um Darks Auftrag auszuführen. Sie auf dem klapprigen Damenrad, er auf seinem Holländer, den er wieder flottgemacht hatte. Der Schraubenzieher hatte natürlich in seinem Zimmer gelegen, wo er hingehörte. Nur begraben unter einem Klamottenstapel seines besten Freundes.

Eine Weile fuhren sie schweigend nebeneinanderher. Im Dorf überholten sie eine Putzkolonne in orangefarbenen Overalls: Die Leute der Müllabfuhr, die mit ihren Saugern die Spuren des letzten Schietsturms beseitigten.

Schließlich sagte Valentine: »Irgendjemand hat in der Vogelschutzstation nach etwas gesucht. Und es nicht gefunden – wahrscheinlich, weil du dazwischengekommen bist.«

Das klang so weit ganz logisch.

»Wo würdest du weitersuchen?«, fragte Valentine.

»Wie meinst du das?«

»Anstelle unseres Einbrechers, meine ich. Wo würdest du jetzt weitersuchen, wenn du diese Sache unbedingt finden wolltest?«

»Na, wenn ich denken würde, sie wäre in der Vogelschutzstation, dann würde ich dort auch weitersuchen.«

»Genau«, sagte Valentine.

Max begriff mit Schaudern, was das bedeutete. »Du meinst, der Typ wird wiederkommen?«

»Oder die Typin. Ja, genau, das meine ich.«

Max schwieg. Wer suchte da nach was und warum? Ihm war das alles zu rätselhaft.

»Ich schlage vor, wir schauen mal nach, wer es ist«, fuhr Valentine fort.

»Was?! Das geht doch nicht!«, rief Max entsetzt.

»Doch, wir müssen ja nur beobachten, wer sich an Darks Schreibtisch zu schaffen macht.«

»Du willst dich im Büro verstecken? Was, wenn dieser Mensch gefährlich ist?«

»Er wird uns überhaupt nicht bemerken.«

»Und wenn doch?«

»Dann schalten wir ab.«

Abschalten? Max bremste, denn sie hatten inzwischen den Copyshop erreicht. »Wie meinst du das jetzt?«, fragte Max.

»Wir sind natürlich nicht selber vor Ort. Wir stellen eine Videoverbindung über Darks Computer her. Und die Kamera am Bildschirm filmt jeden, der das Büro betritt.«

Natürlich, so könnte es gehen! Wieso war er nicht selber darauf gekommen?

»Bist du dabei, Max?«

Er schluckte. »Können wir das mit Dark besprechen?«

Valentine schüttelte den Kopf. »Sicher nicht! Der hat jetzt wirklich andere Sorgen. Außerdem glaubt er ja nicht mal, dass der Einbrecher wiederkommt.«

Max zögerte. Heimlich zur Station fahren und an Darks Computer herumfummeln? Ihm war nicht ganz wohl bei der Sache. Einerseits. Andererseits war hier auf Lumpensand irgendetwas ganz gewaltig oberfaul. Und er wollte herausfinden, was.

»Maxi, wenn du nicht mitmachst, zieh ich es allein durch!«

Max war sprachlos. Nicht nur wegen des »Maxi«. Diese Valentine, die hatte wirklich Mut.

Und der war ansteckend: »Ich bin dabei«, sagte Max bestimmt. Und dann nach kurzem Zögern: »Vally.«

Den Rest des Vormittags verbrachten Max und Valentine mit Plakate kleben, für ein spätes Mittagessen trafen sie sich mit Nicola am Krabbenbrötchen-Stand. Nicola erzählte von seiner Begegnung mit AOL im Nachthemd und von dem Schietsturm, dem er heute Morgen knapp entronnen war. Max und Valentine berichteten von der Kündigung, von Darks überstürzter Reise und von Valentines Plan. Anschließend fuhr Valentine nach Hause, packte ihre Schlafsachen und brachte ihre Tasche zu Max.

Das Wasser kommt immer näher. Längst hat es den Strand überflutet, jetzt schäumt es über die Dünen. Die Brecher türmen sich hoch auf und stürzen dann mit einer Gewalt auf den Sand, bei der mir bange wird. Wie gesagt, Stürme kenne ich. Auch schwere. Aber so etwas? Nein, so habe ich die Natur noch nie erlebt in meinen 14 Jahren. Das Ächzen und Stöhnen des Hauses ist kaum noch zu hören, so sehr lärmen Wind, Regen und Meer. Aber ich spüre, wie um mich herum jeder Balken zittert. Unser Nachbar versucht ein Lächeln, als ich mich ängstlich im Haus umsehe. »Keine Sorge, Junge, das hält seit 100 Jahren.« Aber ich kann fühlen, dass auch in ihm die Furcht wächst. Mit einem Mal scheint der Lärm zu explodieren, Glas splittert, die Lampe verlischt. Der Wind hat eine Fensterscheibe eingedrückt. Die Kleine schreit vor Angst, aber das höre ich kaum, der Sturm drängt mit eiskalter Wucht ins Haus. Meine Ohren pfeifen. Der Nachbar will die Fensterläden schließen, um den Orkan wieder auszusperren. Fensterläden, guter Witz: Die sind längst fortgeblasen. Er sieht sich hilflos im Haus um. Er braucht etwas, um das gähnende Loch zu stopfen. Doch da ist nichts. Wir ziehen Jacken und Mützen an und legen uns an die Wand unter dem gähnenden Fensterloch. Hier ist es halbwegs windstill. Von hier erleben wir, wie der Wind das zweite Fenster bersten lässt, dann das dritte. Immer ungestümer fährt der Orkan mitten durch das Haus und greift mit mächtigen Klauen nach dem Reetdach. Reißt und rüttelt an den Bündeln. Stück für Stück deckt der Wind das Dach ab. Regen peitscht uns. Und das Meer ist auch da. Die Brandung schlägt gegen die Wand, dass das ganze Haus bebt. Es ist so laut, dass wir nicht hören, wie ungefähr zur selben Zeit im Dorf die Sirenen aufheulen. Katastrophenalarm.

15. Kapitel

Mittwoch, 12. August, 18.14 Uhr

Es war kurz nach sechs Uhr abends, als Max seinen Schlüssel ins Schloss an der Haustür der Vogelschutzstation steckte. Immerhin: Dark hatte tatsächlich daran gedacht abzuschließen.

Valentine schlüpfte durch den Eingang, Max folgte ihr. »Warte, ich schließe hinter uns ab.«

Valentine sah ihn an und nickte. »Gute Idee«.

Sie ging vor ihm zur Treppe. Max hörte die Dielen unter ihren Füßen knarren. Es klang genauso unheimlich wie vergangene Nacht. Und obwohl die Sonne jetzt hell zum Fenster hereinschien, fühlte er sich plötzlich auch genauso mulmig wie gestern in der Dunkelheit. Was, wenn der Eindringling schon hier war und auf sie lauerte?

»Max, wo bleibst du?«, hörte er Valentine von oben rufen. Er stieg die Stufen hinauf. Als er Darks Büro betrat, saß Valentine schon am Schreibtisch. Sie hatte den Computer bereits eingeschaltet, auf dem Bildschirm erschienen die Wörter BENUTZERNAME und PASSWORT. Valentine stöhnte leise. »Echt blöd, ich weiß nicht, wie wir uns einloggen können.«

»Lass mich mal«, sagte Max. Er tippte »praktikant« und »nOrd$eE«. Dann drückte er die Enter-Taste, und der Computer fuhr hoch. Max stand vom Stuhl auf, Valentine setzte sich und übernahm die Maus.

Ein paar Klicks später erschien das Anmeldefenster von *Videoschnack*. Max hatte das Programm schon oft benutzt, um sich mit Nicola im fernen Hamburg zu unterhalten. Es war viel besser als Telefonieren, weil er seinen Freund dabei sehen konnte.

Valentine loggte sich ein und wählte im Feld »Kontakte« Nicolas Namen aus.

Zur gleichen Zeit saß Nicola auf Max' Bett in der »Villa Wattwurm« vor dem aufgeklappten Laptop und wartete auf den Videoanruf aus der Vogelschutzstation.

Nach dreimal Klingeln ging er ran. Max und Valentine konnten ihn jetzt auf ihrem Monitor sehen, inklusive seiner Gitarre, die er offenbar neben sich auf Max' Kopfkissen abgelegt hatte.

»Hey, wie läuft's bei euch?« Sein Gesicht sah etwas grobkörnig aus, und die lila Sonnenbrille hatte einen Stich ins Grünliche. Aber die Verbindung stand.

»Alles gut«, sagte Valentine. »Kannst du mich sehen?«

Darks Computerkamera war oben an den Bildschirmrand geklippt, Valentine saß genau davor.

»Ja!«, sagte Nicola. »Gestochen scharf!«

»Super! Ich werde jetzt die Lautsprecher abdrehen, damit man dich hier nicht hören kann. Nicola, ruf mich mal bitte auf dem Handy an, damit wir uns weiter unterhalten können.«

Valentine gab ihre Anweisungen ruhig und gelassen. Max war beeindruckt. Ihm klopfte das Herz bis zu den Ohren bei dieser geheimen Überwachungsaktion.

Kurz darauf stellte Valentine den Bildschirm aus. Jetzt sandte die Kamera ihr Bild zu Nicola, doch sein Gesicht wurde nicht mehr auf Darks Rechner übertragen.

»Nicola, siehst du mich immer noch?«, fragte Valentine in ihr Telefon. Sie lauschte kurz. »Gut, bis gleich«, sagte sie und legte auf.

Sie lächelte Max an. »Es kann losgehen.«

»Moment noch«, sagte Max. Er ging zum Altpapierkarton und griff sich einen Stapel Papiere. Den legte er mit zitternden Händen auf den Schreibtisch. »Als Köder«, raunte er Valentine zu.

»Bist ein Superchecker«, grinste sie. Dann knipste sie die Schreibtischlampe an, und sie verließen das Haus.

16. Kapitel

Mittwoch, 12. August, 23.31 Uhr

»Gib mal die Kartoffelchips!«

Max gähnte und streckte Nicola die halb leere Tüte hin. Nun saßen sie schon mehr als zwei Stunden zu dritt auf Max' Bett vor dem Laptop und starrten auf das ewig gleiche Bild, das Darks Computer sendete: Ein quadratischer Ausschnitt aus Darks Regalwand, nichts als Buchrücken und Aktenordner. Alles leicht unscharf. Und stinklangweilig!

»Sackerl, bitte!«, verlangte Valentine.

»Was?«

»Das Chipssackerl will ich, Max!«

Max kicherte. »Die Tüte? Vally, sprich doch bitte mal deutsch!«

Jetzt kicherte auch Valentine. »Ich sprech doch deutsch! Nur halt ein anderes als ihr.«

Sie stopfte sich eine Handvoll Chips in den Mund. Die drei kauten geräuschvoll und warteten.

»Leute, ist das fad! Ich geh mal aufs Klo, ja?« Valentine erhob sich von der Matratze. Auf dem Weg zur Tür schob sie Nicolas Kleiderchaos am Boden unsanft mit dem Fuß zu einem Haufen zusammen. Nicola beobachtete es aus den Augenwinkeln, aber er war zu müde, um zu protestieren.

»Vally, warte mal!« Max setzte sich aufrechter hin. Er beugte sich jetzt noch näher vor den Bildschirm. Seine Nase stieß beinahe an. Irgendetwas hatte sich verändert in Darks Büro. Änderte sich jetzt die ganze Zeit. Es wurde mal heller, dann wieder dunkler. Als wandere ein Lichtstrahl durch den Raum.

»Stirnlampe!«, sagte Nicola und ließ die Chipstüte fallen. Er rückte an Max heran. Valentine kauerte sich neben ihn. Und Max klickte auf »Mitschneiden«.

Sie hörten, wie Schubladen aufgezogen wurden, und das Rascheln von Papier. Dann Schritte. Dann ein Hüsteln.

»Verdammt, jetzt setz dich schon an den Schreibtisch!«, zischte Valentine und zwirbelte sich mit dem Zeigefinger die ungefähr zwanzigste Minischnecke in die Haare. Nichts geschah. Die drei hielten die Luft an vor Anspannung. Bis plötzlich aus den Lautsprechern des Laptops die Rollen des Schreibtischstuhls zu hören waren. Jemand ließ sich mit Schwung darauf fallen – und rollte direkt ins Bild. Max sah zwei Hände, die seinen Altpapierstapel ergriffen. Und ein Gesicht, das die Papiere studierte. Im Licht der Schreibtischlampe sah es leicht orange und pixelig aus. Aber es war eindeutig das Gesicht einer Frau.

»Kennt ihr die?«, flüsterte Nicola.

»Ja«, sagte Max leise. Er hatte sie sofort erkannt. »Das ist die Frau, der das Haus der Vogelschützer gehört«, sagte er. »Krista Redder.«

17. Kapitel

Donnerstag, 13. August, 10.17 Uhr

Komm endlich, Max, sei kein Fisch,
jetzt kommt die Wahrheit auf den Tisch.
Ich will endlich wissen, bin ich Sieger? Ehrlich,
die Ungewissheit macht mich sonst noch fertig!

Nicola rappte und tanzte dabei um Max herum. Die drei Kinder gingen in der Morgensonne durch das Dorf Richtung Kurplatz. Aber Max war schon wieder stehen geblieben.

»Das bringt doch jetzt nichts«, sagte er.

»Doch, Maxi, der Nicola hat schon recht«, mischte sich Valentine ein. Nicola sah, wie sie sachte ihre Hand auf Max' Schulter legte. Was sollte das denn jetzt? Und überhaupt: Maxi …?!

»Onkel Dark war ziemlich deutlich, als er vorhin angerufen hat«, fuhr Valentine fort. »Wir sollen nichts machen, ehe er wieder da ist, hat er gesagt. Ich finde, bis dahin können wir die Zeit auch sinnvoll nutzen und fragen, was jetzt mit dem Song-Wettbewerb ist.«

»Warum gehen wir nicht lieber zur Polizei?«

»Alter, das hatten wir doch schon!« Nicola wurde langsam ungeduldig. »Frau Redder ist die Eigentümerin, die hat ja sogar einen eigenen Schlüssel. Ich weiß gar nicht, ob das als Einbruch durchgehen würde. Außerdem ist sie hier auf der Insel eine ziemlich große Nummer, hast du selbst gesagt. Was macht die noch genau?«

»Dark sagt, die Redder leitet das Umweltbüro, oder so. Egal, Cola, irgendwas müssen wir trotzdem tun! Die ganze Sache stinkt doch zum Himmel!« Max war wütend, das war nicht zu übersehen. Wow, so hatte Nicola seinen Freund selten erlebt. Der wäre letzte Nacht am liebsten in den Computer gestiegen, um der Frau am anderen Ende der Videoverbindung an die Gurgel zu gehen. Erst kündigte sie den Pachtvertrag, dann brach sie auch noch ein – warum auch immer! Nicola selbst war es dagegen ganz recht gewesen, dass in Wahrheit fast drei Kilometer Dünen und Salzwiesen zwischen ihnen und der Dame lagen. Ihm war es auch ganz recht, dass sie gerade nichts weiter tun konnten, als auf Dönnerschlachs Rückkehr zu warten. Sowieso, fand Nicola, war das jetzt doch besser was für die Erwachsenen. Also hatte er Max und Valentine vorgeschlagen, in der Zwischenzeit bei Johannes »Big Joe« Blank vorbeizuschauen und ihm ein paar Fragen zu stellen. Zum Band-Wettbewerb, nicht zur Wasserrutsche – dieses Versprechen hatte Max ihm geben müssen.

Doch in Blanks Büro hatte eine freundliche junge Frau die drei bedauernd angesehen: »Herr Blank ist nicht da, der hat einen Termin außer Haus.« Und nachdem Nicola seinen überzeugendsten Dackelblick aufgesetzt hatte, ergänzte sie: »Kann sein, dass ihr ihn vorher noch im Kurhotel antrefft, dorthin geht Herr Blank gern zum Frühstück.«

Das war vor einer Viertelstunde gewesen. Jetzt standen sie vor dem Hotel, einem strahlend lilafarbenen Bau mit Säulen links und rechts der Eingangstür. Es war vermutlich das einzige Gebäude auf Lumpensand, das mehr als zwei Stockwerke besaß. Nämlich drei. Und natürlich war es in Wahrheit strahlend weiß, zur Sicherheit hatte Nicola einmal kurz über seinen Brillenrand geschielt. Zur Seeseite hin erstreckte sich eine Terrasse. Dort frühstückten die Hotelgäste unter großen Sonnenschirmen, die mit goldener Schnörkelschrift bedruckt waren. Nicola las »Wat mutt, dat mutt!«. Bescheuerter Spruch, dachte er.

»Da ist Blank!« Max nickte mit dem Kinn zu einem kleinen Tisch am hintersten Rand der Terrasse. Tatsächlich, da saß er. Wieder komplett in Jeans und Segelschuhen. Schien fast eine Art Uniform zu sein.

»Gemma!«, Valentine knuffte Nicola aufmunternd in die Seite.

Nicola nickte und holte tief Luft. Er wollte sich gerade auf den Weg zwischen den Tischen hindurch machen, als Max unsanft seinen Arm ergriff.

»Warte, Cola!«

»Was –«

Abermals nickte Max mit dem Kinn. Blank war aufgestanden, er erwartete offensichtlich jemanden.

Die Kinder sahen die Frau zuerst nur von hinten. Sie war schlickfarben gekleidet, heute in Rock und Bluse.

»Ich glaub's nicht«, entfuhr es Max, »die Redder.«

»Und jetzt?«, fragte Nicola.

»Schau an, die Kerlin! Also, ich hätte Lust auf so eine ur leckere Limo. Sanddorn heißt das?«, erwiderte Valentine. »Kommt, ich gebe eine Runde aus.«

Die Jungen sahen sie erstaunt an.

»Was denn? Los, wir suchen uns einen Tisch ... oh, schaut mal: Da hinten ist zufällig einer frei. Von dort hat man bestimmt einen besonders guten ... Blick!« Mit diesen Worten machte sich das Mädchen auch schon auf den Weg über die Terrasse zwischen den anderen Gästen hindurch.

»Max, die will doch nicht etwa ...«

Max blickte seinen Freund ratlos an und zuckte mit den Schultern. Aber Nicola sah, wie er dabei lächelte. Max war offenbar von Valentines irrsinnigem Manöver auch noch angetan.

Dann sahen sie, wie sich Valentine in einen der Stühle an Blanks Nachbartisch fallen ließ und den Jungen zuwinkte.

Keine Minute später saßen sie neben ihr, hielten sich die Getränkekarten vor die Nasen, als würden sie konzentriert darin lesen, und lauschten.

Blank und Krista Redder waren kaum zwei Meter von ihnen entfernt. Der Segelschuhmann hatte sich offenbar in Fahrt geredet: »Krista, ich habe mein gesamtes Vermögen, ach was, ein Vielfaches davon in dieses Projekt investiert. Jetzt muss es auch losgehen, keine Verzögerung mehr. Also mit anderen Worten: keine Vogelschützer mehr. Haben Sie diesem, äh ... Donnerschlauch endlich gekündigt?«

Krista Redder hatte offenbar genickt, jedenfalls sprach Blank nach kurzer Pause weiter: »Na, geht doch. Dann hat sich die, ich sage mal, Vorarbeit ja doch gelohnt.«

»Ja«, war nun Redder zu hören, »hat sie. Wobei ich immer noch finde, das mit den Bäumen war nicht nötig.«

Blank lachte heiser. Dieser selbst ernannte »Big Joe« war Nicola schon bei ihrer ersten Begegnung beim Song-Wettbewerb nicht sonderlich sympathisch gewesen. Aber in den letzten Sekunden hatte er die Beliebtheitsskala im freien Fall nach unten durchbrochen. »Papperlapapp, von mir aus könnte man dieses ganze verdammte Krüppelgehölz wegplanieren. Wird wahrscheinlich sowieso passieren, wenn die Rutsche kommt. Arbeitsunfall sozusagen, verstehen Sie? Hehehe!«

Nicola schielte über den Rand seiner Karte. Die entsetzten Blicke der Kinder trafen sich.

»Spaß beiseite«, fuhr Blank fort, »wann ziehen die Vogelheinis ab? Sie wissen ja, Krista, die Spläsch lagert bereits drüben am Festland. Und jeder Tag kostet. Für die Lagerung, den Sicherheitsdienst …«

»Ich weiß, Herr Blank. Von mir aus würden die lieber heute als morgen den Abflug machen. Ich bin froh, wenn ich die Bude los bin. Bei dem lächerlichen Betrag, den Dönnerschlach als Pacht zahlt, lege ich nur drauf. Steuern, Instandhaltung – der ganze Klimbim. Allerdings hat Dönnerschlach blöderweise eine Frist bis Ende September. Und das ist noch nicht einmal das eigentliche Problem.«

»Ja?«

»Das Testament. Mein Vater hat wahrscheinlich ein Testament hinterlassen. Zumindest hat er mir das kurz vor seinem Tod so gesagt. Und vielen anderen auf der Insel auch.«

»Und was steht drin in diesem Testament?«

»Tja, eben das ist das Problem. Niemand weiß es, weil niemand weiß, wo es ist.«

Blank schnaubte: »Mann, Krista, das ist nicht Ihr Ernst, oder? Wie lange warten wir schon darauf, dass der alte Herr endlich abtritt? Jetzt tut er uns den Gefallen – und da fällt Ihnen auf, dass es da eventuell ein Testament gibt?«

»Ja, ich weiß, Herr Blank. Das ist jetzt aber …«

… ganz schön geschmacklos, dachte Nicola.

»… auch nicht zu ändern«, fuhr Redder fort. Offenbar ziemlich ungerührt von Blanks letzten Sätzen. »Nur, solange das Ding nicht aufgetaucht ist und die Eigentumsverhältnisse eindeutig geklärt sind, kann ich Ihnen das Grundstück natürlich auch nicht verkaufen, nicht einmal verpachten.«

»Ich dachte, Sie sind Alleinerbin?«

»Das denke ich ja auch. Aber mein Vater hatte so seine eigenen Ideen. Das wissen hier leider alle. Und auch, dass er und ich … na, sagen wir, dass wir uns nicht immer ganz einig waren darüber, was richtig und was falsch ist.«

»So, so.« Schon wieder dieses heisere Lachen. »Dann bin ich wohl nicht der Erste, der Sie auf Abwege bringt.« Er wurde wieder ernst: »Egal. Und Sie sind sicher, dass es dieses Testament wirklich gibt?«

»Ziemlich. Mein Vater sagte mir, er bewahre es am sichersten Ort auf, den er kennt. Wo auch immer das sein soll. Er sagte mir, dieser Ort sei noch unverwüstlicher als er selbst.«

»Suchen Sie das Papier.«

»Das habe ich schon«, erwiderte Redder kalt. »Ich habe das Haus meines Vaters komplett durchkämmt. Und auch mein eigenes. Sogar in der Schutzstation war ich. Das ist der einzige Ort, an dem es noch sein könnte.«

»Okay, ich verbessere mich.« Johannes Blank stand geräuschvoll auf, wandte sich zum Gehen und zischte: »Suchen Sie es nicht, finden Sie es! Und vernichten Sie es, falls sein Inhalt unser Vorhaben behindert. Sonst kümmere ich mich selbst darum. Mit meinen Methoden.« Blank hielt inne, plötzlich klang seine Stimme sanft und beschwörend. »Denken Sie nur an die schöne Zukunft! Sie wollen doch nicht ewig auf diesem wertlosen Sandhaufen mit den geschützten Bäumchen sitzen bleiben. Unwahrscheinlich, dass in diesem Leben noch einmal einer mit einem Herz so groß wie Big Joe vorbeikommt und Ihnen dafür die Taschen mit Geld füllt, Krista. Geld, das Sie dringend brauchen, wenn ich mich recht entsinne.«

»Ja, das stimmt natürlich, aber –«

»Gut, dann gibt es ja keine Fragen mehr, oder?«

»Und was darf ich euch bringen?«

Wessen Stimme war das denn jetzt? Nicola brauchte einen Moment, ehe er begriff: Ein Kellner war an ihren Tisch getreten und wollte ihre Bestellung aufnehmen. Unwillkürlich drehte er sich zum Nachbartisch um. Blank war weg. Krista Redder war dort allein sitzen geblieben. Nicola sah, wie sie tief durchatmete und den mittelgraubraungrünen Stoff ihres Rocks glatt strich. Dann drehte sie sich zur Seite. Nicola konnte nicht schnell genug wegsehen, ihre Blicke trafen sich. Der Junge erstarrte – hatte sie durchschaut, dass er sie belauschte? Doch die Frau stand nur wortlos auf und verließ die Terrasse.

»Äh, wir überlegen noch. Bitte einen Moment Geduld, Herr Ober«, hörte Nicola Valentine sagen. Der Kellner schüttelte den Kopf und ging zum nächsten Tisch.

»Vally, wir müssen sofort Dark anrufen!«, sagte Max aufgeregt und platzierte – zu Nicolas Entsetzen – seine Hand auf ihrem Arm. Valentine tippte auf ihrem Handy herum und hielt sich das Gerät ans Ohr. »Bin schon dabei.«

»Er geht ran!«, flüsterte sie. Unmittelbar darauf verdüsterte sich ihr Gesicht. »Nur die Mailbox.« Sie wartete kurz, dann hörte Nicola sie sagen: »Hallo, die Vally hier. Onkel Dark, bitte ruf mich zurück, so schnell du kannst. Es ist dringend!«

18. Kapitel

Donnerstag, 13. August, 11.03 Uhr

»Haben die Herrschaften sich endlich entschieden?« Schon wieder der Kellner. Er blickte säuerlich auf Valentine, Max und Nicola herunter.

»Ich nehme eine Sanddorn-Limo, bitte schön«, sagte Valentine und strahlte den Mann mit ihrem süßesten Lächeln an. Max hoffte, dass sie den Kellner dadurch besänftigen würde. Er hatte heute schon genug Aufregung gehabt. Jetzt auch noch aus dem Kurhotel geworfen zu werden, wäre eindeutig zu viel für seinen Geschmack. Er bestellte Erdbeermilch, Nicola einen Schoko-Shake.

»Jetzt wissen wir also, was die Redder nachts in der Station sucht«, sagte Max leise, als der Kellner außer Hörweite war.

»Das Testament ihres Vaters«, raunte Valentine.

»Und keiner weiß, was darin steht«, ergänzte Nicola.

Max sah sich verstohlen um. Wo eben noch Johannes Blank mit Krista Redder gestritten hatte, saß nun ein Vater mit Kleinkind. Der Mann war vollauf damit beschäftigt, das Kleine davon abzuhalten, sich das Blumengesteck auf dem Tisch in den Mund zu stopfen. Er würde bestimmt nicht lauschen. Auch an den anderen Tischen waren alle Menschen mit sich selbst und ihren Getränken und Frühstücksbrötchen beschäftigt. Die Luft war rein.

»Die Redder hat gesagt, sie will Blank das Grundstück der Vogelschutzstation verkaufen«, nahm er den Faden wieder auf. »Darum hat sie uns den Pachtvertrag gekündigt. Weil Blank keine Mieter gebrauchen kann. Er will mit dem Bagger anrücken und seine Wasserrutsche bauen, da stört die Station.«

»Aber warum macht die Redder das? Was hat sie davon?«, zischte Nicola.

»Ich glaube, die Frage hat uns der Herr Blank schon beantwortet«, sagte Valentine. »Hast du gehört, was er über das Grundstück gesagt hat? Er hat gesagt, es sei wertlos. Die Pacht ist total niedrig. Und jetzt bietet er ihr einen dicken Batzen Geld.«

»Stimmt, die Redder braucht Geld«, nickte Max. »Das hat sie selber gesagt.«

»Und darum will sie unbedingt das Testament. Wenn ihr Vater das Grundstück jemand anderem vererbt hat, dann sitzt sie nämlich in der Tinte.«

»Und Blank auch, weil der seine Rutsche dann nicht bauen kann. Darum will er, dass sie das Testament zur Not verschwinden lässt.«

Max lief ein Schauer über den Rücken. Diese Leute waren ihm unheimlich! Wie konnte jemand so skrupellos sein – einfach ein Testament vernichten, um den rechtmäßigen Erben um seinen Besitz zu bringen.

In diesem Moment fasste er einen Entschluss: »Wir müssen ihnen zuvorkommen.«

Nicola: »Wem?«

Valentine: »Mit was?«

»Blank und Redder. Mit dem Testament. Wir müssen es vor ihnen finden«, sagte er.

»Klar, Alter. Und wo sollen wir suchen?«, erwiderte Nicola.

»Redder scheint zu glauben, dass es in der Station ist. In Darks Büro ist es offensichtlich nicht, da hat Redder jetzt schon zweimal erfolglos rumgeschnüffelt«, sagte Valentine. »Außerdem wüsste mein Onkel dann davon. Und das tut er ganz offensichtlich nicht!«

»Bleiben ja noch ein paar andere Möglichkeiten. Wir müssen uns jeden Winkel vornehmen und die ganze Station absuchen. Von oben bis unten«, sagte Max.

»Aber g'schwind, bevor die Frau Redder ihren nächsten Versuch unternimmt«, unterbrach Valentine. Und dann, an Nicola gewandt: »Du rufst vorher am besten bei AOL an. Wir haben ja noch eine ur interessante Filmaufnahme für ihn.« Irgendwas an ihrem Ton gefiel Nicola dabei ganz und gar nicht. Sie kommandierte ihn herum! Was sollte das? Er sah zu Max. Der schien nichts zu bemerken, er grinste Valentine an. Diese hatte sich schon wieder von Nicola abgewandt. »Herr Ober, zahlen bitte!«, rief sie und winkte dem Kellner. Widerwillig zog Nicola sein Handy aus der Tasche.

Kurz darauf hatte Valentine bezahlt und Nicola mit Labersen ein Treffen für den Nachmittag vereinbart. »Dem haben wir viel zu erzählen«, sagte er, als er sein Handy wieder wegsteckte.

»Und wenn alles gut geht, halten wir das Testament in Händen, bevor Dark heute Nachmittag anlegt«, sagte Valentine.

Max nickte zustimmend. In Wahrheit aber bezweifelte er, dass »alles gut gehen« würde. Soweit er sich erinnern konnte, war in den letzten Tagen so ziemlich gar nichts gut gegangen.

19. Kapitel

Donnerstag, 13. August, 12.28 Uhr

»Schließ lieber ab«, riet Nicola, als Max die Tür der Vogelschutzstation hinter den dreien zuzog.

»Geh, nein, sonst machen wir uns noch verdächtig!«, sagte Valentine. Sie nahm die Klinke, öffnete die Tür wieder und ließ sie weit offen stehen.

»Und wo wollen wir jetzt anfangen?«, fragte Max. Er kannte das Haus am besten von den dreien. Er wusste, dass sie sich eine Menge vorgenommen hatten.

»Am besten irgendwo, wo es etwas zu trinken gibt. Ich habe nämlich Durst«, sagte Nicola.

»Fein, dann nehmen wir uns als Erstes die Teeküche vor«, entschied Valentine bestimmt.

Im Kühlschrank waren noch drei Flaschen Limonade, Max verteilte sie. Er trank gierig, es war ein heißer Tag.

In der folgenden Stunde suchten sie in sämtlichen Schränken, Schubladen und auf allen Regalen. Sogar

– in der Mikrowelle

– unter dem karierten Dekopapier der Besteckschublade

– im Karton mit den Ersatzglühbirnen

– hinter dem Wandschränkchen mit dem Verbandszeug.

Kein Testament, nirgends.

»Hier sind wir fertig«, sagte Nicola, »lasst uns im nächsten Zimmer weitermachen.«

Max sah sich prüfend um. Sein Blick fiel auf den Kühlschrank.

»Wartet mal«, sagte er nachdenklich. Er öffnete noch einmal die Kühlschranktür. Der verbliebene Inhalt war eher übersichtlich: Eine Flasche Ketchup, eine Tube Senf, ein Paket Butter, Sahne für Darks Friesentee. Ganz oben lag das Gefrierfach, die Klappe war gut verschlossen. Max zog daran. Sie öffnete sich nur widerwillig und mit lautem Knirschen und gab den Blick frei auf eine wuchernde Eislandschaft. Feine weiße Kristalle wuchsen in alle Richtungen. So sieht es in Yetis guter Stube aus, dachte Max. »Was, wenn das Testament hier eingefroren ist?«, fragte er in die Eishöhle hinein. Er spürte, wie sein Herz schneller klopfte. Das Fach wäre wirklich ein geniales Versteck.

»Aber davon wüsste Dark doch auch«, wandte Nicola ein.

»Vielleicht, vielleicht nicht«, sagte Valentine. »Wir wissen doch gar nicht, wann Kristas Vater das Schreiben versteckt hat. Gestorben ist er doch erst vor ein paar Wochen. Dieses Gefrierfach sieht hingegen so aus, als hätte seit 10 000 Jahren niemand mehr hineingeschaut. Los, Jungs, wir legen es frei.« Sie griff sich den schweren Pfannenwender aus Metall, schob Max beiseite und hämmerte mit voller Wucht auf die Eisschicht ein. Eiskristalle stoben wie Puderzucker in die Luft. Krachend löste sich Brocken um Brocken und polterte auf den Boden. In der Sommerhitze schmolzen die Stücke rasch zu kleinen Pfützen. Valentine hämmerte unbeeindruckt weiter, die Eisschicht war dick und der Lärm ohrenbetäubend. Max starrte gebannt auf das Gefrierfach. Der arme Yeti.

»Was macht ihr denn hier?«

Max fuhr herum. In der Küchentür stand Onno Polder. Der Polizist starrte erst auf den Pfannenwender in Valentines Hand, dann auf den Eishaufen am Boden.

»Äh, Großputz!«, erwiderte Valentine geistesgegenwärtig. »Wir tauen den Kühlschrank ab.«

»Und wischen alles ordentlich durch«, ergänzte Nicola. Er schnappte sich eilig einen Lappen und polierte damit hektisch die Kühlschranktür.

»Jo«, brummte der Inselpolizist. »Ich wollte zu Dark«, sagte er.

»Oh, das tut mir sehr leid, aber der ist gerade nicht da«, sagte Valentine zuckersüß.

»Ach, min Deern, dat ist aber schade, nech? Soll mich bitte mal anrufen. Eins von seinen Booten ist wieder da.«

»Ein Zodiac? Wo?«, rief Max.

»Drüben am Festland. Dat ist da wohl angespült worden. Komische Sache, dat.« Damit wandte Polder sich um und verließ das Haus.

»Puh, das war arg. Hat der mich vielleicht erschreckt«, sagte Valentine. Max sah auf die große Küchenuhr. Sie mussten sich beeilen, in einer Viertelstunde wollten sie bei AOL sein. Valentine schien sich auch daran zu erinnern, denn ohne weiter zu zögern holte sie aus und schlug mit drei energischen Hieben das restliche Eis aus dem Fach. Max griff hinein. Unter seinen Fingerspitzen ertastete er kaltes Wasser, einige gefrorene Erbsen und ein paar zarte Eiskristalle. Aber kein Testament.

In die enttäuschte Stille der Teeküche hinein klingelte Valentines Telefon. »Endlich! Onkel Dark!« Sie nahm sich nicht die Zeit für ein ›Hallo‹ und quasselte sofort aufgeregt auf Dark Dönnerschlach ein. »Wir wissen jetzt, wer in die Station eingebrochen ist – es war diese Krista Redder! Wir haben sie auf frischer Tat ertappt! Sie steckt außerdem mit Big Joe Blank unter einer Decke! Wir haben die beiden belauscht, und jetzt versuchen wir vor ihnen das Testament … was?« Valentine brach abrupt ab, offenbar sprach jetzt Dark am anderen Ende. Sie lauschte und Max sah, wie ihr langsam der Unterkiefer herunterklappte. »Na, das gibt's doch nicht!«, stöhnte sie und verdrehte entnervt die Augen. Dark schien keine guten Nachrichten zu haben. Max bekam ein mulmiges Gefühl im Magen.

»Wann denn?«, fragte Valentine jetzt. »Wie bitte? Erst morgen früh?«

Dann lauschte sie weiter in ihr Handy. Schließlich sagte sie: »Okay. Mach ich. Bis morgen, baba.« Valentine legte auf. Max und Nicola sahen sie erwartungsvoll an.

»Darks Fähre liegt mit Maschinenschaden drüben am Festland, seine Überfahrt wurde auf morgen früh verschoben. Außerdem sollen wir uns von der Vogelschutzstation fernhalten und sowieso absolut nichts unternehmen. Das macht er, wenn er wieder da ist. Außerdem kann Dark sich meinen Bericht jetzt nicht anhören, weil mein Trottel von Onkel sein Ladegerät zu Hause vergessen hat und sein Akku gleich alle ist. Er meldet sich wieder, sobald er ein Festnetztelefon gefunden hat.«

Max starrte Valentine fassungslos an. Er fragte sich, was wohl als Nächstes schiefgehen würde.

20. Kapitel

Donnerstag, 13. August, 16.12 Uhr

Das wurde aber auch Zeit, dachte Arfst Okke und spuckte seinen Kaugummi in die Hagebuttenhecke, die das Grundstück der Labersens umfasste. Dann sah er erschrocken zum Haus. Glück gehabt, seine Mutter war nicht zu sehen. Die hätte deswegen sicher geschimpft wie eine Brandgans, die man beim Brüten stört.

»Das wurde aber auch Zeit«, rief er den drei Kindern entgegen, die gerade von ihren Fahrrädern abstiegen. Zwei Jungen, ein Mädchen. Sie sahen abgehetzt aus. »Um vier wolltet ihr hier sein.«

»Bitte, entschuldigen Sie die Verspätung«, lächelte das Mädchen. »Sie müssen der Inselreporter sein, von dem ich schon so ur viel gehört habe.«

Ur? Und was war das für ein komischer Akzent? Dabei sah sie eigentlich aus wie ein normales Inselkind. Arfst Okke wunderte sich etwa eine Zehntelsekunde lang, dann beschloss er, dass er trotzdem gerade ein Kompliment bekommen hatte. »Äh, ja … das bin wohl ich. Arfst Okke. Kannst ruhig Du zu mir sagen.«

»Angenehm, Valentine Uhudel. Kannst ruhig Vally zu mir sagen.«

Lustiges Mädchen. Arfst Okke nahm seine anderen beiden Gäste in Augenschein. Der dickliche Junge mit dem Mädchennamen trug wie immer diese kreischend lilafarbene Sonnenbrille. Passte irgendwie zu ihm. Der zweite war Max Lüders. Arfst Okke kannte seinen Namen natürlich, schließlich hatte er schon über ihn berichtet. Als »Max L.« hatte er ihn auf seinem Blog als möglichen Brandstifter präsentiert. Ein bisschen vorschnell, hoffentlich nahm der Junge es ihm nicht übel. Er nahm sich vor, noch mal bei der Polizei auf dem Festland nachzuhaken. Bestimmt hatte die Untersuchung dort bereits ergeben, dass das Foto eine Fälschung war.

Arfst Okke schüttelte jedem die Hand. »Kommt in mein Büro, dort besprechen wir alles.« Als Nicola ihn gestern Morgen aus dem Bett geklingelt hatte, hätte er kaum damit gerechnet, dass der Junge ihn auf die Fährte für eine richtig gute Story locken würde. Jetzt war alles anders: Er hatte gründlich recherchiert, und was er herausgefunden hatte, sah nach einem handfesten Skandal aus.

Er ging mit den drei Kindern um das Haus herum und zu dem Hintereingang, der in seine Wohnung führte. Im Flur mussten sie sich an mannshohen Stapeln von alten Zeitungen vorbeiquetschen. Dahinter lag sein Reich: ein einziger Raum, er diente als Wohnzimmer, Küche, Schlafgemach und Redaktion zugleich. Alle Wände waren bedeckt von Zeitungsausschnitten und Fotos.

Er bemerkte, wie Valentines Blick an den Müslischalen auf seinem Schreibtisch hängen blieb. Er frühstückte immer vor dem Computer, und meistens ließ er seine Sachen danach stehen. Fünf Schalen mit eingetrockneten Haferflockenresten hatten sich angesammelt. Vielleicht hätte er aufräumen sollen? Hm. Na egal, jetzt gab es Wichtigeres zu tun.

»Setzt euch«, sagte er.

»Äh, wo denn?«, fragte Nicola.

Arfst Okke sah sich in seinem Wohnbüro um. Tja, hier als Gast einen Sitzplatz zu finden war wirklich nicht ganz einfach. Über der Lehne des Schreibtischstuhls hing Arfst Okkes rote Windjacke, der Platz war also klar für ihn reserviert. Und auf dem kleinen Sofa lagen schon Unmengen von Zeitungen und Papieren, sowie ein aufgeklappter Laptop. Dazwischen schlängelten sich bunte Kabel, die teils wie Aale in der Räucherkammer über Stuhllehnen oder Türrahmen hingen, teils eingestöpselt waren in diverse Computer, Monitore, Drucker, Telefone. Ansonsten gab es – außer dem ungemachten Bett – nichts, auf dem man hätte sitzen können.

»Äh … hier, bitte!«, sagte er und nahm seinen Laptop vom Sofa. Nicola, Max und Valentine mussten eng zusammenrutschen. »Nicola, du hast gesagt, ihr hättet einen Film für mich?«

Max hielt ihm wortlos einen Speicherstick entgegen, den Arfst Okke ebenso wortlos nahm und an den Laptop steckte. Einen Augenblick später startete die Videoaufnahme, die Valentine, Max und Nicola vergangene Nacht gemacht hatten.

»Krista Redder«, murmelte Arfst Okke, nachdem der Film geendet hatte. Er grinste zufrieden. Ja, diese Story war wirklich gut.

»Und das Beste ist«, meldete sich Max zu Wort, »wir haben heute morgen zufällig belauscht, wie Redder und dieser Typ mit den Segelschuhen …«

»Johannes Blank«, sprang Nicola seinem Freund bei, »auch bekannt als ›Big Joe‹, der Veranstalter des Song-Wettbewerbs. Und größenwahnsinniger Unternehmer.«

»Genau. Wie Redder und Blank über die Wasserrutsche gesprochen haben«, fuhr Max fort. »Und darüber, wie sie erst mal uns vertreiben müssen. Also die Vogelschützer. Bevor das Ding gebaut werden kann. Daher die ganzen Geschichten mit den brennenden Bäumen und den geklauten Booten. Das sollte uns kriminell aussehen lassen. Und Redder einen Grund verschaffen, den Vertrag zu kündigen.«

»Allerdings gibt es da noch ein anderes Problem.« Das war nun Valentine. »Denn die Sache geht sich nur aus, wenn das Testament auftaucht, das Redders Papa angeblich hinterlassen hat.«

»Weshalb Tochter Redder nun hektisch danach sucht«, reimte sich Arfst Okke den Rest zusammen. »Ja, das passt.« Arfst Okke dachte nach. Ein von Kindern belauschtes Gespräch konnte er kaum in einem Artikel zitieren. Aber er hatte ja auch selbst recherchiert. Im Großen und Ganzen war die Geschichte rund. »Das passt sogar sehr gut«, sinnierte er.

»Was passt? Wie meinst du das?«, fragte Nicola.

»Na, ich wollte mich ja auch mal umhören. Schließlich gibt es noch einen weiteren sehr merkwürdigen Punkt: Wieso darf Blank überhaupt bauen? Seit ich mich erinnern kann, ist das gesamte Ostende Lumpensands Naturschutzgebiet. Das gab schon Murren, als dort der Sendeturm errichtet wurde. Und richtig laut wurde es, als vor ein paar Jahren die Radwege asphaltiert werden sollten. Ist am

Ende auch nicht passiert, dafür hat die Leiterin des Umweltamtes höchstpersönlich gesorgt.«

»Die Redder?!«

»Genau. Und jetzt war sie wieder höchstpersönlich zur Stelle. Hat ein Gutachten erstellen lassen, von irgendeinem windigen Büro aus Hamburg oder so, das zweifelsfrei nachweist, dass die Rutsche keinen nennenswerten Eingriff in die Natur –«

»Wie bitte?«, entfuhr es Max, noch ehe der Inselblogger seinen Satz beendet hatte. »300 Meter Rutsche, mit Förderband vom Strand zurück zum Startpunkt. Vermutlich jede Menge Rohre, Gestänge, Umkleiden, Kiosk und was weiß ich: Das soll kein Eingriff sein?«

Arfst Okke winkte ab: »Natürlich ist es das. Aber so läuft das eben. Man muss nur genug zahlen für so ein Gutachten, dann wird schon das dabei herauskommen, was herauskommen soll. Jedenfalls hat die Redder damit ihren Standpunkt in der Gemeindeverwaltung untermauert und noch mit ein bisschen Blabla aufgerüscht von wegen neue Attraktion, wieder mehr Besucher auf der Insel, klingelnde Kassen und so. Zack, war die Sache per Sondergenehmigung beschlossen. Auch schön: Normalerweise dauern solche Vorgänge Monate, wenn nicht Jahre. In diesem Fall sieht es aus, als hätte Redder das Ganze in ein paar Tagen durchgekriegt.«

»Krass. Und die Rutsche liegt auch schon versandfertig am Festland bereit«, sagte Nicola. »Das hat Blank der Redder erzählt.«

»Bin gespannt, was er jetzt mir erzählt«, erwiderte Arfst Okke.

»Aber warum sollte er dir etwas erzählen?«, fragte Valentine.

»Weil das seine Chance ist, sich zu erklären, bevor ich die Geschichte veröffentliche und ihm sein ganzes Vorhaben um die Ohren fliegt.« Mit diesen Worten zog er sein Handy aus der Tasche und wählte Big Joe Blanks Nummer.

21. Kapitel

Donnerstag, 13. August, 16.58 Uhr

Zur selben Zeit saß Johannes Blank in einen weißen Bademantel gehüllt auf dem Behandlungsstuhl des Kosmetikstudios im Kurhotel. Seine Gesichtshaut juckte unerträglich. Denn die dunkelgrüne Algenmaske, die Kinn, Nase, Stirn und Wangen bedeckte, hatte begonnen einzutrocknen. Blank hätte sich gerne gekratzt, aber seine Finger waren außer Gefecht. Sie steckten in einem Porzellanschälchen auf seinem Schoß, in dem ein schaumiges Handbad dampfte. Der süßliche Geruch der Tinktur war ihm zuwider. Kokosduft aus der Chemiefabrik: scheußliche Erfindung! Aber Big Joe Blank wusste, dass er Opfer bringen musste. Wer schön sein will, muss leiden – das sagte er sich alle vierochen, wenn er auf dem Stuhl der Kosmetikerin Platz nahm.

»Heute mit Handpeeling?«, wollte diese jetzt wissen.

»Nein, Angie, heute nur Nägel polieren«, erwiderte Big Joe. »Ich bin in Eile. Geschäftstermine.«

»Sie arbeiten zu viel, Herr Blank«, strahlte Angie ihn an. Er mochte sie. Er war sicher, dass sie ihn bewunderte. Für sein gepflegtes Aussehen und für sein Geld.

»Von nix kommt nix, Mädchen«, lächelte er zurück.

»Und wat mutt, dat mutt, Herr Blank.« Angie nickte und zog seine Hände aus dem Schaum.

Als sie sie gerade trockengetupft hatte, klingelte Joes Telefon auf dem Beistelltisch. Er griff sich das Teil und sah auf das Display. Arfst Okke Labersen? Der Typ hatte doch erst vor zwei Tagen einen Artikel über die Spläsch-300 geschrieben. Etwas kritischer als geplant, aber trotzdem nützlich. Schließlich brauchte die Wasserrutsche jetzt Werbung, und jeder Artikel machte sie bekannter. Solange nicht an die Öffentlichkeit drang, was Joe hinter den Kulissen mit Krista Redder zu schaffen hatte, war alles paletti. Was wollte Labersen jetzt noch?

Joes Daumen zuckte. Am liebsten hätte er den Anrufer einfach weggedrückt und sich wieder dem Small Talk mit Angie gewidmet. Aber war das klug?

Ach was, Joe würde diesem Möchtegern-Journalisten einfach ein paar knackige Zeilen liefern, und der würde einen weiteren schönen Artikel über die Spläsch-300 schreiben. Diesmal hoffentlich ohne das Umwelt-Tralala. Joe – Big Joe! – würde ihn schon irgendwie um den Finger wickeln, er war schließlich erfolgreicher Geschäftsmann. Ein erfahrener Verhandlungsführer. Er nahm das Gespräch an.

»Hier spricht Joe Blank.«

»Hallo Herr Blank, Labersen hier, von *lumpenblog.com*.«

»Wie kann ich dir helfen, Junge?« Joe grinste zufrieden. Labersen hatte Joe zwar nie das Du angeboten. Aber es war besser, wenn der Blogger gleich merkte, wer hier die Regeln machte.

»Ich habe noch ein paar Fragen zur Spläsch-300. Das ist ja ein sehr interessantes Vorhaben!«

»Ja, das kannst du wohl sagen! Die Spläsch-300 ist ein Knüller! Ihr Lumpensander werdet sie lieben!«

»Ich plane einen großen Artikel über das Projekt«, hörte er Labersen an seinem Ohr. Joe lehnte sich zurück. Ein großer Artikel – wunderbar!

»Herr Blank, zunächst möchte ich sichergehen, dass ich die Eckdaten richtig habe. Wo genau wird die Rutsche ins Meer führen?«

»An einer perfekten Stelle am wunderschönen Oststrand!« Joe lächelte. Die Spläsch-300 würde ein voller Erfolg werden. Der Stress mit Krista hatte ihn in den letzten Tagen sehr beansprucht. Er hatte darüber ganz den Blick dafür verloren, wie großartig seine Pläne waren. Lumpensand würde auf der ganzen Welt bekannt werden. Na ja, zumindest in Norddeutschland. Alles nur dank seiner Rutsche! Wenn man ihm nicht schon vor zwei Jahren die Ehrenbürger-Nadel verliehen hätte – man würde es jetzt tun.

»Geht das ein bisschen konkreter?«

»Was?« Verdammt, er musste sich konzentrieren.

»Wo genau am Oststrand führt die Rutsche ins Meer?«

Meine Güte, dieser Labersen war hartnäckig. Aber er würde ihn ablenken: »Es geht auf einer Strecke von 300 sagenhaften Metern über mehrere Dutzend Kurven, Loopings und Spiralen vor einem atemberaubenden Nordseepanorama ins Meer. Die letzten Meter sind freier Fall!«

»Herr Blank, Sie haben meine Frage nicht beantwortet.«

Joe verzog das Gesicht, die Algenmaske bröselte. Ablenkungsmanöver fehlgeschlagen. Und dieser Blogger-Heini klang plötzlich ungehalten. Er würde ihn besänftigen müssen. Joe raunte ins Telefon: »Arfst Okke, ich will das nicht an die große Glocke hängen, denn das Grundstück ist im Moment noch anderweitig verpachtet. Der Vertrag des alten Pächters läuft aber bald aus. Da springe ich dann einfach ein.«

»Verstehe. Der einzige Pächter am Oststrand ist die Vogelschutzstation. Meinen Sie deren Grundstück?«

»Genau. Es ist perfekt geeignet.« Worauf wollte Labersen hinaus?

»Und Krista Redder will es Ihnen überlassen?«

»Ähem.« Joe merkte, wie er unter seinem Bademantel zu schwitzen begann. Er blickte verstohlen zu Angie. Sie schien nicht auf sein Telefonat zu achten und feilte konzentriert an den Nägeln seiner rechten Hand.

»Hör mal, Arfst Okke. Der Vermieter möchte nicht genannt werden. Er mag nicht, dass Rummel um seine Person entsteht.«

»Ja, Herr Blank, das verstehe ich. Klar.«

Ein Lächeln huschte über Joes algengrünes Gesicht. Die Maske bröselte weiter, riss hier und dort auf wie Kameldung nach 30 Tagen Saharasonne. Was für ein treudoofer Idiot, dieser Labersen! Big Joe würde Krista Redder locker aus dem Artikel raushalten können.

»Ja, das verstehe ich wirklich«, wiederholte der Inselblogger. »An Frau Redders Stelle würde ich die Sache auch lieber nicht an die Öffentlichkeit bringen. Vor allem, da sie im Rathaus als Leiterin des Umweltamts mit einer besonderen Empfehlung dafür gesorgt hat, dass die Baugenehmigung für die Rutsche im Nullkommanichts durchgedrückt wurde. Und dann hat sie noch dieses undurchsichtige Gutachten aus Hamburg eingeholt.«

»Was soll das jetzt?«, schnappte Joe. »Damit habe ich nichts zu tun!«

»Nun ja. Das alles hat sie gemacht, damit sie das Grundstück an Sie verkaufen kann, Herr Blank. Schließlich sollen Sie ihr eine äußerst großzügige Summe zugesagt haben. Von den Vogelschützern dagegen bekamen die Redders ja bislang kaum etwas. Das hatte der alte Niels Redder damals so mit denen vereinbart.«

»Über Finanzielles rede ich nicht mit der Presse«, sagte Joe schnell. Woher wusste Labersen das alles? Joes Gedanken rasten. Er musste das Gespräch jetzt irgendwie in günstigeres Fahrwasser lenken.

Aber Labersen machte unbeirrt weiter. »Das einzige Problem war bisher, dass das Grundstück eben an die Vogelschützer verpachtet ist. Frau Redder hat dem Verein allerdings soeben gekündigt. Zu ihren Begründungen gehört, dass die Vogelschützer angeblich für die Brandstiftung auf dem Grundstück verantwortlich sind. Zudem entstand ja der Eindruck, der Geschäftsführer der Station sei kriminell, da er die vereinseigenen Boote im Internet zu verkaufen scheint. Sehr hilfreich für Ihr Spläsch-300-Projekt, oder?«

»Wie meinst du das jetzt, Arfst Okke?« Joe bemühte sich, ahnungslos zu klingen. Im Notfall immer dumm stellen, den Trick hatte er schon oft benutzt.

»Ich meine das so, Herr Blank: Haben Sie eigentlich etwas mit dem brennenden Baum und den verschwundenen Booten zu tun?

Und mit einem stark nachbearbeiteten Digitalbild eines Lumpensander Schülers, das ich vor vier Tagen auf einem Speicherstick auf meiner Fußmatte vorfand?«

»Selbstverständlich nicht«, zischte Joe. »Bürschchen, das ist eine unverschämte Unterstellung!« Angie hatte die Nagelfeile sinken lassen und sah mit halb offenem Mund zu ihm hinab. Joe presste sein Handy fester ans Ohr. Locker bleiben, schoss es ihm durch den Kopf.

Labersen war immer noch nicht fertig: »Ist Ihnen eigentlich bekannt, dass das Grundstück möglicherweise an einen bisher unbekannten Erben gehen wird? Der Besitzer, der verstorbene Niels Redder, hat ein Testament hinterlassen. Es befindet sich an einem unbekannten Ort.«

»Ach, das sind doch Gerüchte.« Joe klang jetzt wieder ganz entspannt. »Glaubst du etwa diese Geschichte, Junge?« Joe grinste schief in Richtung Angie. Die grinste zurück und setzte die Feile wieder an.

»Frau Redder scheint die Geschichte zu glauben, Herr Blank. Ich besitze Videomaterial, das sie beim Durchsuchen der Station zeigt. Nachts. Ohne Anmeldung. Mit anderen Worten: heimlich. Mit ›H‹ wie Hausfriedensbruch. Offenbar geht sie davon aus, dass ihr Vater das Testament dort versteckt hat.«

Redder! Wie konnte man nur so blöd sein. Jetzt hatte Krista sich auch noch erwischen lassen! Wenn Joe früher gewusst hätte, wie dumm sich die Frau bei dem ganzen Vorhaben anstellen würde, hätte er die Finger davon gelassen. »Kein Kommentar«, presste er hervor.

»Herr Blank, Sie können mich jederzeit anrufen und zu den Vorwürfen Stellung nehmen. Heute um 22 Uhr wird mein Artikel erscheinen mit allem, was ich bis jetzt recherchiert habe. Danke für das Gespräch.«

Stille.

Labersen hatte aufgelegt.

Joe zog der Kosmetikerin die zur Hälfte befeilte Hand weg und sprang auf. »Ich muss gehen! Die Finger machst du das nächste Mal fertig.«

»Aber Herr Blank, Ihr Gesicht!«, wandte sie ein und drückte Joe sanft in seinen Sessel zurück.

Während Angie seineangen mit lauwarmen Wattepads von der Algenkruste befreite, dachte Joe über seine Lage nach. Wenn Labersens Artikel online ginge, wäre das eine Katastrophe. Binnen kürzester Zeit würde ganz Lumpensand das Testament suchen – und irgendjemand würde ihm und dieser blöden Kuh von Redder bestimmt zuvorkommen und das Schriftstück aufspüren. Das durfte nicht passieren! Zwar wusste niemand, was tatsächlich in Redder seniors letztem Willen stand. Aber Joe hatte das sichere Gefühl, dass es auch besser dabei bliebe. Wenn irgendetwas den Bau der Spläsch-300 verhindern konnte, dann war es dieses Testament. Ein kleiner Skandal im Umweltamt, ein windiges Gutachten – das waren Kleinigkeiten, das konnte er aussitzen. Die Aufregung über die Mauschelei würde sich gewiss bald legen. Aber wenn Krista ihm nicht das Grundstück verkaufen könnte, weil sie es womöglich gar nicht mehr besaß, dann würde es keine Spläsch-300 geben.

Er musste das verdammte Testament vernichten! Und zwar bevor dieser Labersen mit seiner Story rauskam. Er musste ihn also erst einmal aufhalten. Aber wie?

Als Angie den letzten grün verschmierten Wattebausch in den Mülleimer warf, hatte Joe seinen Plan gefasst.

Die Wellen schlagen gegen das Haus, und der Wind hört nicht auf. Gischt schäumt durch die zersplitterten Fenster, Meerwasser schwappt über den Boden. Wir flüchten uns auf den Esstisch, dort haben wir Schutz vor der Flut. Wir sehen uns an, der Nachbar und ich. Stummes Entsetzen. Die Kleine hat aufgehört zu schreien, sie klammert sich an ihren Vater. Ich bin bis auf die Haut durchnässt von Regen und Salzwasser, mir müsste eigentlich kalt sein. Aber ich friere nicht, ich spüre nichts. Ich denke an mein Zuhause, zurück im Dorf. Dicke, geziegelte Mauern. Und viele andere Häuser drum herum, die sich gegenseitig schützen, wie Pinguine im Schneesturm. Hier, am anderen Ende der Insel, ist nichts, was die Gewalt bremsen könnte. Die erste Wand stürzt ein. Wie Zahnstocher wirbeln die Bretter davon. Dann die zweite Wand. Klappt einfach um, als wäre es ein Stück Pappe. Nicht mehr lange und wir sind schutzlos. Ausgeliefert. Der Nachbar brüllt mir ins Ohr. Ich verstehe ihn erst beim dritten Versuch. »Raus hier, ins Dorf!«, schreit er. Wir wissen beide, dass wir dort nicht ankommen können. Ist hier nichts, das diesem Toben widerstehen kann? Doch, da! Es ist dunkel, doch in dem Chaos aus zersplittertem Holz, Wasser und umgestürzten Möbeln sehe ich ihn: den Kamin. Der Schornstein. Gebaut aus soliden Ziegeln, reckt er trotzig sein Mauerwerk in die Höhe, wie einen langen Finger. Er ist das Einzige hier, was noch aufrecht steht, alle Wände um ihn herum sind entweder eingestürzt oder vom Sturm davongeweht. Ich habe eine Idee, einen Hoffnungsschimmer. Ich zerre den Nachbarn am Ärmel, und nun brülle ich. Ein Seil, ob es hier ein Seil gibt? Er drückt mir sein Kind in den Arm und kämpft sich durchs kniehohe Wasser. Ich zähle die Minuten. Ich weiß nicht einmal, in welche Richtung er verschwunden ist. Ich warte, aber er kommt nicht wieder. Das Mädchen in meinen Armen fühlt sich eiskalt an. In diesem Moment bin ich sicher, dass wir verloren sind. Da spüre ich, wie mich eine Hand an der Schulter fasst. Der Nachbar! In der zweiten Hand hält er tatsächlich ein Seil. Wir haken uns an den Armen unter, ich drücke mit der freien Hand das Kind fest an mich und gemeinsam stemmen wir uns gegen den Wind. Schritt für Schritt waten wir durchs Wasser, bis wir den Kamin erreichen. Ich überlege, ob wir hineinkriechen sollen. Aber was, wenn die Flut immer weiter steigt? Dann würden wir ertrinken. Stattdessen schieben wir uns in seinen schmalen Windschatten. Dort ist, knapp über dem Wasser, ein Vorsprung im Gemäuer des Schlots, gerade breit genug, um darauf zu sitzen. Ich wickele das Seil um das Mauerwerk, und wir kauern uns nebeneinander. Der Nachbar nimmt die Kleine auf den Schoß. Und dann binde ich uns fest. Wie drei Bleichgesichter am Marterpfahl. Meine Hände sind taub vor Kälte, aber es gelingt. Wer auf den Inseln lebt, kennt seine Seemannsknoten. Ich schließe die Augen.

22. Kapitel

Donnerstag, 13. August, 18.13 Uhr

Nicola wischte mit der Hand die Chipskrümel der letzten Nacht von Max' Bett und ließ sich auf die Matratze fallen. Arfst Okke hatte seine drei Gäste nach dem Telefonat mit Big Joe Blank nach Hause geschickt. Er wollte in Ruhe noch ein paar Anrufe machen, hatte er gesagt, und dann seinen Artikel schreiben. Oder »in die Tasten hauen«, wie er es genannt hatte. Nicola, Max und Valentine konnten ihm dabei nicht helfen. »Verhaltet euch ruhig und wartet ab«, das waren seine Worte gewesen. Also waren die drei in die »Villa Wattwurm« gegangen. Nicola fühlte sich unruhig und aufgewühlt. Und er ahnte, dass es Max und Valentine genauso ging. Ob mit der Hilfe von AOL alles zu einem guten Ende finden würde? Oder jedenfalls zu einem Ende?

»Cola, rutsch mal!« Max drängelte sich neben seinen Freund aufs Bett – und sprang sofort wieder auf. Mit spitzen Fingern zupfte er eine zerknitterte Socke von der Bettdecke und hielt sie Nicola vor die Nase. »Ist das dein Ernst? Das hier ist mein Bett und keine Annahmestelle für Problemstoffe!«

»Alter, gib her!« Nicola nahm Max das Teil ab und warf es weg.

Die Socke flog an Nicolas Gitarre vorbei, die am Schreibtisch lehnte, und landete in der Zimmerecke. Er würde demnächst mal waschen müssen.

»Sagt mal, glaubt ihr eigentlich, dass der Rutschenbau jetzt abgeblasen wird?«, fragte Valentine vom Schreibtischstuhl aus. Sie saß dort wie die Prinzessin auf der Erbse: Zwischen ihr und der Sitzfläche türmten sich zahllose Klamotten. Nicolas Klamotten.

»Du meinst, wenn AOL seinen Artikel über die Machenschaften von Krista Redder und Big Joe ins Netz stellt? Schwer zu sagen«, überlegte Max.

»Kommt wohl auch darauf an, was im Testament vom alten Redder steht, oder?« Valentine kreiselte jetzt mit dem Stuhl um die eigene Achse. Nicola sah ihren Blondschopf wie einen Mop durch die Luft wedeln.

»Wenn er sie enterbt hat, sieht es gut aus für die Vogelschutzstation«, sagte Nicola nachdenklich und ließ den Oberkörper rückwärts auf die Matratze fallen. Er spürte Chipskrümel in seinem Nacken.

»Wartet mal!« Nicolas Kopf schnellte wieder hoch. »Das Testament – die Redder sucht das Teil doch immer noch!«

»Ja, und?« Valentine stoppte ihren Stuhl und sah ihn an.

»Was ist, wenn sie heute Nacht in der Station weitersucht? Und womöglich fündig wird?«

Max war aufgestanden. »Kommt darauf an, was drinsteht, würde ich tippen. Wenn ihr der Inhalt nicht passt, wird sie es wahrscheinlich vernichten. Das würde ich jedenfalls machen«, sagte er.

»Das dürfen wir nicht zulassen!«, rief Valentine.

»Aber was sollen wir tun?«, fragte Max.

»Ich weiß es!« Nicola stand vom Bett auf. »Wir halten in der Station Nachtwache. Und wenn die Redder wirklich auftaucht, rufen wir die Polizei.«

Nicola drehte sich erwartungsvoll zu Max. Der aber strahlte Valentine an, als ob es gar nicht Nicolas Idee gewesen wäre, sondern ihre. »Das ist die Lösung«, sagte er, »so machen wir es!«

Nicola hatte wieder dieses komische Gefühl. Das Gefühl, das fünfte Rad am Wagen zu sein. Seit Valentine aufgetaucht war, hatte er sich schon ein paar Mal so gefühlt. Jetzt beobachtete er, wie Max dem Mädchen die Hand hinhielt und Valentine ihn grinsend abklatschte. Kurz darauf riss Max seinen Schrank auf, zog einen Schlafsack hervor und sah sich suchend um. »Cola, wo ist mein Rucksack?«, fragte er. Es klang ungeduldig.

»Woher soll ich das wissen?«

»Na, bevor du hier eingezogen bist, hing er genau dort.« Max deutete auf den Haken an der Tür, von dem Nicolas Kapuzenjacke baumelte. »Offenbar war er deiner Jacke im Weg. Und dann?«

»Äh, weiß ich gerade auch nicht?«, erwiderte Nicola. Was sollte das denn jetzt?

»Mann, ständig muss ich meine Sachen suchen!«, beschwerte sich Max. »Jetzt kann ich nicht mal meinen Kram für heute Nacht packen. Du hast mein Zimmer total durcheinandergebracht!«

»Ja, danke auch für deine Gastfreundschaft, lieber Max«, erwiderte Nicola schnippisch.

»Leute, jetzt regt's euch ab!« Valentine war aufgestanden. »Der Nicola kann ja morgen einfach mal seinen Glumpert aufräumen.«

»Jetzt misch du dich nicht auch noch ein! Du bist nicht meine Mutter!«, fuhr Nicola sie an. Was fiel dieser Person überhaupt ein? Schrieb sie ihm jetzt vor, wann er Aufräumdienst hatte?

Valentine machte unwillkürlich einen Schritt zurück und stieß dabei mit der Ferse gegen Nicolas Gitarre. Das Instrument fiel um und landete genau auf dem Stahlfuß des Schreibtischstuhls. Die Saiten schepperten jämmerlich.

»Mensch, pass doch auf!« Mit zwei Schritten war Nicola bei ihr, bückte sich und hob sein Instrument auf. Dort, wo es gegen das Metall geschrammt war, lief ein hässlicher Kratzer über das Holz.

»Oh nein! Tut mir voll leid!«, sagte Valentine bestürzt. Sie blickte den Jungen mit großen Augen an.

»War das jetzt Absicht oder was?« Nicolas Stimme zitterte vor Wut.

»Natürlich nicht!«, fuhr Max dazwischen. »Nicola, du bist echt selber schuld! Wieso lässt du deine Sachen auch überall herumliegen?«

»Selber schuld also«, wiederholte Nicola. Toll. Diese ungeschickte Tussi demolierte seine Gitarre, und er war selber schuld. Zumindest in den Augen seines besten Freundes. Oder sollte er sagen: bis vor Kurzem besten Freundes? Nicola war den Tränen nahe.

»Dann gehe ich wohl besser«, sagte er leise.

»Aber … wohin denn?«, fragte Valentine.

Gute Frage. Im Moment wollte er nur weg von hier.

»In die Station!«, sagte er schnell. Das war ja immerhin seine Idee gewesen. »Ich kann auch allein auf das Testament aufpassen. Und ihr beide könnt euch solange einen romantischen Abend machen.«

Max und Valentine starrten ihn schweigend an.

Nicola stopfte seinen Schlafsack in seine Umhängetasche und klemmte sich die Gitarre unter den Arm. »Und kommt bloß nicht hinterher, ich will meine Ruhe!«, rief er noch. Dann ließ er Max und Valentine allein im Zimmer stehen.

Im Hausflur der »Villa Wattwurm« nahm er Max' Schlüssel für die Schutzstation vom Haken. Nicola trat ins Freie und zog die Tür hinter sich zu, dass deren Scheiben schepperten.

23. Kapitel

Donnerstag, 13. August, 19.28 Uhr

Johannes Blank sah an dem Turm empor. Ganz schön groß, ganz schön mächtig. Das Teil musste um die 40 Meter hoch sein. Dagegen kam sich Big Joe nun doch etwas mickrig vor, obwohl er Verstärkung dabeihatte: in der Linken eine Axt, in der Rechten eine beinlange Astschere – das Beste, was er auf Anhieb hatte finden können. Und immerhin darauf ausgelegt, Zweige in der Stärke von Kinderarmen zu zerteilen. Nur dass es jetzt nicht um Gartenpflege ging. Sondern um Kabel, Schaltkreise, Verbindungen oder wie auch immer das Innenleben des stählernen Turmes aussehen mochte.

Denn das war Joes Plan, den er auf Angies Behandlungsstuhl gefasst hatte: zum einzigen Sendeturm der Insel hinausfahren und auf einen Schlag alle Verbindungen trennen: Festnetz, Internet, Handy – alles! Seit vor ein paar Jahren das alte Seekabel abgeklemmt worden war, das bestimmt 100 Jahre lang Lumpensand mit dem Rest der Welt verbunden hatte, liefen alle Gespräche und alle Datenströme der Insulaner bei diesem baumdicken Turm zusammen und wurden von hier ans Festland übertragen. Schnell, sicher, störungsfrei. Bis heute Abend! Zumindest, wenn sein Plan aufging.

Joe war dem Turm noch nie so nahe gekommen. Eigentlich hatte er ihn nie so recht beachtet. Das Ding stand halt rum. Lustigerweise in den Dünen des Naturschutzgebietes. Ob Krista auch dafür irgendetwas gemauschelt hatte? Wahrscheinlich nicht. Hier lag einfach der höchste Punkt der Insel, die einzig geeignete Stelle für eine solche Anlage.

Er klopfte prüfend mit dem Griff der Axt dagegen. Es dröhnte dumpf. Der Turm war zwar recht schlank, eher wie ein Mast, aber er schien aus massivem Metall zu sein. Die Idee, das Teil einfach zu fällen wie einen morschen Baum, konnte er sich jedenfalls abschminken. Ebenso unmöglich würde es sein, wie ein genialer Superagent zielgenau das eine richtige von vermutlich zehntausend Kabeln durchzuschneiden. Er hatte es nun mal nicht mit Elektrokram. War schon in der Schule so gewesen. Und zuletzt vor zehn Minuten, als er in seinem E-Mobil hierhergesurrt war. In dem Wägelchen blinkten ständig irgendwelche Kontrollleuchten, der Akku verlor viel zu schnell den Saft. Und dann dieses lächerliche Motorengeräusch – wie eine liebestolle Mücke. Es machte ihn kirre. Wenn er nur seinen weißen Porsche hier hätte! Aber der stand in einer Garage am Fährhafen. Leider dem falschen: Unerreichbar weit weg auf der anderen Seite des Wassers, das Lumpensand vom Festland trennte. Warum musste diese Insel nur autofrei sein? Vielleicht würden die Insulaner diesen Irrsinn endlich beenden, sobald die Spläsch-300 am Start war. Er musste unbedingt mal mit dem Bürgermeister darüber reden.

Joe lief um den Mast herum auf der Suche nach einer Schwachstelle. Vielleicht war sein Plan doch nicht so glorreich? Vielleicht wäre es einfacher gewesen, Labersen einen Besuch abzustatten. Ihm gut zuzureden. Ihn gegebenenfalls zu bestechen. Zur Not eine reinzuhauen – und zu drohen: Veröffentliche deinen Artikel, und du wirst dir wünschen, ich hätte dir nur eine reingehauen! Aber jetzt war es zu spät dafür. Er musste an diesem verdammten Sendeturm sein Glück versuchen.

Auf der Rückseite entdeckte Joe einen Kasten, groß wie seine Sockenkommode. Er hatte eine Tür, die von einem massiven Vorhängeschloss gesichert wurde. Joe blickte sich um. Keine Menschenseele in Sicht, alle schon zum Abendbrot in ihre Pensionen, Ferienhäuser und Hotels verschwunden. Abgesehen davon schützte ihn der hochwachsende Strandhafer, dessen Halme in der Windstille des Frühabends fast senkrecht in die Höhe standen, vor unerwünschten Zuschauern. Zumindest, wenn er sich ein bisschen duckte. Unschlüssig betrachtete Joe seine beiden Hände. Sollte er es mit der Axt versuchen, oder besser die Astschere ansetzen? Das eine machte weniger Lärm, das andere war erfolgversprechender.

Er nahm die Axt. Holte aus, schlug zu. Doch auf dem Schloss war kaum ein Kratzer zu sehen. Noch einmal hieb er auf den Metallbügel ein, dann noch einmal und noch einmal. Er fühlte, wie seine Hände sich verkrampften. Kurz dachte er an Angie – er würde beim nächsten Termin eine Handmassage buchen. Dann hob er wieder die Axt und setzte den nächsten Hieb.

Nach fünf Minuten wildem Gehacke, das Joe schnaufen ließ wie ein Walross am Reck, gab das Schloss schließlich nach, und er konnte die Tür aufziehen.

Wie er es sich gedacht hatte! Der Kasten war vollgestopft mit irgendwelchen Kabeln, unübersichtlich wie ein Topf Spaghetti. Ein Topf mit Warnhinweis: Auf der Innenseite der Tür stand unmissverständlich »Achtung, Starkstrom! Lebensgefahr!« Gut: Offenbar hatte Joe die Stromversorgung der Anlage freigelegt. Nicht so gut: Ein falscher Handgriff, und er würde als Grillwurst enden. Und jetzt? Er wischte sich den Schweiß von der Stirn und fluchte leise, schloss die Augen, biss die Zähne zusammen und begann zu zählen: Eins (das würde jetzt gleich gut gehen. Würde es doch, oder?), zwei (mit Brandstiftung und Bootsdiebstahl hatte er bis vor ein paar Tagen auch noch keine Erfahrung gemacht. Und das war gut gegangen, richtig?), drei! Beherzt schob Blank die große Schere in das Kabelgewirr und drückte mit aller Kraft ihre beiden Arme zusammen. Er spürte Drähte brechen und öffnete die Augen. War's das schon? Zumindest hatte er keinen Stromschlag bekommen. Aber vielleicht auch nur, weil er die falschen Kabel erwischt hatte. Sicherheitshalber – und mit äußerst mulmigem Gefühl – fuhr er noch vier-, fünfmal mit der Schere in den Kasten und zerhäckselte, was ihm zwischen die stählernen Schneiden kam. Der Nudeltopf enthielt schließlich nur noch klein gehackte Spätzle. Es sah nicht so aus, als könnte hier noch irgendetwas funktionieren. Aber konnte er sicher sein? Keine Lampe, die erloschen, kein Ton, der verstummt wäre, gaben ihm irgendeinen Hinweis.

Ratlos blickte er auf sein Werk, bis ihm eine Idee kam. Er zückte sein Handy aus der Gesäßtasche seiner Jeans und wählte die Nummer von Arfst Okke Labersen.

Nichts geschah, die Leitung blieb stumm. Zur Sicherheit rief er auch noch im Kosmetikstudio des Kurhotels an. Keine Verbindung, nur Stille.

Ein Grinsen begann sich über Big Joe Blanks Gesicht zu spannen. Es hatte tatsächlich geklappt. Mit ihm war eben immer zu rechnen! Und Labersen hatte jetzt Sendepause. Der Inselblogger musste leider warten, bis die Anlage repariert war. Kann bitte mal jemand den Technikdienst anrufen? Ach nein, geht ja gar nicht: Die Telefone sind alle stumm, hehehe! Aus Blanks Grinsen wurde ein schallendes Lachen. Es klang böse.

Dann kam er wieder zur Besinnung. Nein, ganz so einfach war es auch nicht. Es gab immer noch Seefunkverbindungen, und zur Not würde eben jemand mit der Fähre rüberfahren und Hilfe holen. Aber ein, zwei Tage Aufschub hatte er sich und Krista Redder erkauft.

Warum war diese Sache nur so kompliziert geworden? Joe ließ noch einmal den Blick über die Dünen im Osten schweifen, der Strandhafer warf bereits lange Schatten in der Abendsonne. Würde dort einmal seine grandiose Rutsche stehen? Sie musste! Sonst wäre sein Ruf ruiniert und sein Vermögen verspielt.

Joe seufzte und ging die paar Schritte zu seinem E-Mobil. Als er seine Werkzeuge einlud, bemerkte er, dass ihm zwei seiner frisch gefeilten Fingernägel bereits eingerissen waren. Er fluchte leise, dann ließ er sich schwerfällig auf den Fahrersitz plumpsen und surrte zurück Richtung Dorf. Der Akku reichte zum Glück noch.

24. Kapitel

Donnerstag, 13. August, 19.12 Uhr

Als Nicola die Vogelschutzstation betrat, war er immer noch sauer. Und enttäuscht. Ein toller Freund war Max! Einer, der nicht mehr zu ihm hielt, sobald ein Mädchen auftauchte, das genauso auf gefiederte Viecher flog wie er selbst.

Nicola schloss die Tür hinter sich ab, ging die Treppen hinauf und setzte sich auf den Balkon. Dort untersuchte er noch einmal die Blessur, die seine Gitarre davongetragen hatte. Er strich vorsichtig mit dem Finger über den Kratzer. Er war gut sichtbar, aber nicht tief. Vorsichtig schlug Nicola einen Akkord an. Das Instrument klang wie immer. Er spielte noch einen Akkord, dann noch einen. Schließlich sang er »Ticket nach Lumpensand«.

Ja, das tat gut. Nach dem Song merkte er, wie er sich entspannte. Vielleicht hatte Max ja ein bisschen Recht mit der Unordnung in seinem Zimmer. Wahrscheinlich stammte der größte Anteil des Durcheinanders tatsächlich von Nicola. Er wollte gerade ein neues Lied anstimmen, da hörte er, wie unten jemand an der Tür hämmerte.

»Hallo! Dark! Mach auf! Ich bin's, Erna!«

Nicola lehnte sich über das Geländer. »Dark ist nicht da!«, rief er nach unten. Kurz darauf erschien eine rundliche Gestalt in seinem Blickfeld. Sie war ein paar Schritte von der Haustür weggetreten und blickte zu ihm hoch. Sie trug einen Pappkarton unter dem Arm, der mit Paketschnur umwickelt war.

»Hallo, junger Mann!«, rief sie. »Du musst der Praktikant sein! Ist Dark nicht da?«

»Im Moment nicht«, erwiderte Nicola ohne den Irrtum aufzuklären.

»Seit Tagen versuche ich ihn zu erreichen. Nie meldet er sich!«

»Er hat gerade ziemlich viel um die Ohren«, erwiderte Nicola. Wobei ihm »ziemlich viel um die Ohren« stark untertrieben vorkam.

»Ich wollte Dark jedenfalls seine Sachen zurückgeben«, sagte die Frau mit dem Pappkarton. »Auch wenn er selber herzlich wenig unternommen hat, um einen Termin für die Rückgabe mit mir zu vereinbaren«, fügte sie leicht beleidigt hinzu.

»Äh, ja, was sind es denn für Sachen? Vogelkot?«, fragte Nicola.

Die Frau brach in ein kreischendes Gelächter aus. »Junge, weißt du denn nicht, wer ich bin?«, japste sie.

»Nein, eher nicht. Ich bin nicht von hier.«

»Ich bin Erna. Erna Emmersen, Vorsitzende des örtlichen Heimatvereins und mit ganzem Herzen Heimatforscherin. Dark hat mir einiges Material ausgeborgt. Wirklich einzigartig und sehr wertvoll für die Geschichtsschreibung unserer Insel! Unglaublich spannend!«, sagte Emmersen und hielt den Karton in die Höhe. »Du solltest unbedingt einen Blick hineinwerfen!«

»Ja, klar …«, sagte Nicola und versuchte, begeistert zu klingen. Was ihm komplett misslang.

»Wie dem auch sei, hier kommt alles zurück«, sagte sie jetzt. »Sind die Sachen bei dir in sicheren Händen?«

»Selbstverständlich«, sagte Nicola. »Ich komme runter.«

Er nahm Emmersens Box in Empfang, gelobte hoch und heilig, Dark herzlich zu grüßen und schloss die Tür wieder ab. Er schüttelte den Karton sanft, doch das Rascheln, das dabei erklang, versprach nicht mehr als ein paar verstaubte Zettel. Schultzerzuckend ging Nicola die Treppe hinauf in Darks Büro und stellte die Schachtel auf den Schreibtisch. Dann setzte er sich wieder auf den Balkon und stimmte das nächste Lied an. Seine neueste Komposition. Immer noch ohne den passenden Tassen-Reim. Mit etwas Glück würde er ihn heute Abend finden:

Eh' ich heut nach Krabben tauche,
werde ich schnell meine Jauche
über Lumpensand ablassen
voll auf euch trübe –

Zing!

Er blickte auf seine Gitarre herunter. Die G-Saite hing schlaff über dem Schallloch. Gerissen. Das hatte ihm gerade noch gefehlt. Seufzend legte er sein unbrauchbares Instrument zur Seite. Was sollte er jetzt so allein den ganzen Abend über tun?

Sein Blick fiel auf den Pappkarton, der drinnen auf Darks Schreibtisch lag. Warum nicht?, dachte er. Er ging ins Büro und schnitt die Paketschnur auf, die den Deckel am Platz hielt.

Der Karton enthielt wie er vermutet hatte einen großen Stapel muffig riechender Papiere. Nicola hob sie heraus und breitete alles vor sich auf dem Boden aus. Er sah:

- eine alte Landkarte
- einen Stapel Schwarz-Weiß-Fotos
- ein vollgeschriebenes Schreibheft
- einige alte Briefe, mit Schreibmaschine geschrieben
- ein paar vergilbte Zeitungsausschnitte.

Zuerst nahm er sich die Zeitungsausschnitte vor. Es schien früher auf Lumpensand tatsächlich eine gedruckte Wochenzeitung gegeben zu haben. Er las die Überschrift »Vogelschutzverein zieht an den Oststrand«, auf das Papier hatte jemand mit Hand gekritzelt: Inselbote, 29.08.1980. Auf dem nächsten Ausschnitt stand »Fünf Jahre Vogelschutzverein«, auf dem nächsten »Vogelschützer feiern 10-jähriges Jubiläum – Blaskapelle gratuliert mit Ständchen«.

Puh! Nicola verzog das Gesicht. Spannend war anders! Er griff sich die Fotos. Darunter waren auch einige Aufnahmen des Oststrands, auf manchen war die Vogelschutzstation zu sehen. Ein Bild zeigte die Station, als das Haus noch recht neu gewesen sein musste. Ein anderes zeigte ein Gebäude, das so gar nicht aussah wie die Station, aber offenbar einst an derselben Stelle gestanden hatte. Nicola drehte das Foto um, auf die Rückseite hatte jemand mit Bleistift geschrieben: »Haus Redder, 1961«. Das nächste Foto zeigte dasselbe Haus, allerdings in Trümmern. Nur der Schornstein stand noch. Nicola wurde flau im Magen. Was war denn da passiert? Er drehte das Foto um und las »1962«. Was war 1962 geschehen?

Er griff sich das Schreibheft und schlug die erste Seite auf. »Landeswettbewerb Jugend schreibt – Thema: Sturmflut 1962«, las er. Die Schrift war auffallend sauber und ganz leicht zu entziffern. Er begann etwas lustlos zu lesen, doch nach wenigen Absätzen riss der Sog der Erzählung ihn mit sich. Mit jedem Umblättern wurde er ein bisschen aufgeregter. Denn Nicola spürte, dass er in diesem alten Schreibheft eine Antwort auf seine Fragen finden würde. Noch zwei Seiten lagen vor ihm. Er las:

Ich muss eingeschlafen sein. Irgendwann kann man vermutlich selbst in der Hölle einschlafen. Als ich die Augen wieder öffne, regnet es nicht mehr. Die Schwärze der Nacht ist einem silbrigen Grau gewichen. Wo früher das Hausdach war, habe ich nun freie Sicht auf den Himmel. Er ist wolkenlos, ein kalter Mond leuchtet auf uns herab. Noch immer pfeift der Wind, aber ich kann auch andere Geräusche vernehmen. Möwenschreie. Ich blicke mich um. Vom Haus steht nichts mehr. Ein paar Bretter, Trümmer der Einrichtung liegen um mich herum verstreut und zwischen den alten Buchen am Rande des Grundstücks. Der Orkan hat ein paar Bäume entwurzelt, vielen die Äste gekappt, aber die meisten stehen noch. Das Meer hat sich zurückgezogen, vom Strand ist ein schmaler Streifen wieder zu erkennen. Doch wo ist der Nachbar mit seinem Kind? Ich taste nach dem Seil um meine Brust und spüre sofort, dass der Knoten sich gelockert hat. Erschrocken springe ich auf. Ein furchtbarer Gedanke formt sich in meinem Kopf. Doch bevor er ganz Gestalt annimmt, höre ich ein Rufen. Zwischen den Bäumen tritt der Nachbar hervor, seine Tochter im Arm, die selig schläft. Er kommt auf mich zu und ich sehe, dass er Tränen in den Augen hat. Weinende Männer: ein seltener Anblick auf unseren Inseln. Weinende Frauen aber auch. Mit dem einen freien Arm drückt der Nachbar mich an sich. Fest und lange. An jedem anderen Tag wäre mir das peinlich gewesen. Jetzt nicht, jetzt lehne ich mich an ihn und weine selbst. Vor Erleichterung. Dann nimmt er meine Hand und spricht, als hätte er es einstudiert: >>Dark, ein Haus kann man wieder aufbauen. Doch leben kann man nur einmal. Und meine Kleine hier hat noch viel Leben vor sich. Weil du uns gerettet hast. Ich weiß nicht, wie ich dir heute danken soll. Sieh dich um, hier gibt es nichts mehr. Aber eines Tages wird das wieder anders sein, und dann werde ich mich erinnern. An diese Nacht, an dich und an den standhaften Kamin, der uns der einzige Schutz war. Und jetzt gehen wir ins Dorf, deine Eltern sorgen sich gewiss.<< Mit diesen Worten nimmt mich Niels Redder an der Hand, und wir gehen im Mondlicht gegen den noch immer kräftigen Wind westwärts. Nach Hause.

Nicola ließ das Heft sinken und schob sich nachdenklich die Brille zurecht. Was war denn das für eine Geschichte? Was hatten Dark und Kristas Vater hier erlebt? Was war mit dem Kamin? Nicola ergriff das Foto, das offenbar Niels Redders Haus nach einem verheerenden Sturm zeigte. 1962. War das der Sturm, von dem er eben gelesen hatte? Hatte hier nichts mehr gestanden außer dem Schornstein?

Moment mal … der Schornstein? Ja, der Schornstein – das musste es sein! Nicola fummelte sein Handy aus der Hosentasche. Er war jetzt so aufgeregt, dass seine Finger zitterten. Nur mit Mühe gelang es ihm, die Nummer von Max zu wählen.

25. Kapitel

Donnerstag, 13. August, 18.42 Uhr

Max hörte, wie die Haustür der »Villa Wattwurm« krachend hinter Nicola ins Schloss fiel. Gleichzeitig spürte er, wie es in seinem Bauch zu brodeln begann. Vor Wut. Erst vermüllte Nicola das ganze Zimmer, und dann machte er auch noch blöde Sprüche? Es stimmte schon, Max fand Valentine mittlerweile ziemlich klasse. Hätte er ja selbst nicht gedacht. Aber musste sein bester Freund sich darüber lustig machen? Oder sollte er sagen: sein bis vor Kurzem bester Freund?

»Spinnt der jetzt? Der Spruch mit dem romantischen Abend war ja wohl so was von letztklassig!«, beschwerte sich nun auch Valentine. Peinlich! Musste sie das jetzt wirklich noch mal wörtlich wiederholen? Max nickte und hoffte, dass Valentine nicht bemerken würde, wie er rot wurde. Tat sie offenbar nicht, denn als Nächstes sagte sie: »Und was machen wir jetzt?«

»Auf jeden Fall überlassen wir es nicht Nicola allein, das Testament vor der Redder zu bewachen!«, schnaubte Max. »Nur weil er austickt, bleibe ich jetzt nicht zu Hause sitzen und drehe Däumchen.« Die Wutsuppe in seinem Magen köchelte heftiger.

»Willst du ihm etwa nachfahren?« Valentine sah Max entgeistert an.

»Nein, kommt nicht infrage!« Nicola durfte heute Abend gerne allein am Oststrand versauern. Max würde ihn bestimmt nicht vermissen.

»Aber was können wir sonst machen? Wenn die Redder das Testament sucht, wird sie ja in die Station kommen.«

»Tja …«, Max dachte nach. »Wir könnten versuchen, die Redder schon früher abzupassen.«

»Wie meinst du das?«

»Wir beschatten sie! Wenn sie den Abend zu Hause verbringt, wissen wir, dass das Testament in Sicherheit ist.«

»Ah, super! Und wenn sie nach Einbruch der Dunkelheit mit Trainingshose und Stirnlampe ihr Haus verlässt, droht Gefahr!«, ergänzte Valentine. »Nicht schlecht, Maxi. So können wir zumindest etwas Sinnvolles tun.«

Max nickte grimmig. Immerhin lag so nicht alles in Nicolas Händen. Es ging schließlich um die Vogelschutzstation. Um Max' Vogelschutzstation. Die konnte er jetzt nicht im Stich lassen.

Kurz darauf hatte Valentine Krista Redders Adresse im Internet nachgesehen: Heilbuttweg 13. Sie holten ihre Räder und fuhren los.

Im Dorf herrschte Feierabendbetrieb. Wie eine Schafherde strömten die Urlauber vom Strand und aus den Dünen zurück und verteilten sich im Ort auf ihre Pensionen, Ferienhäuser und Hotels:

Abendbrotzeit! Großfamilien in bunten Badehosen, bepackt mit Schnorchel und Sandspielzeug, Rentner in knallbunten Windjacken, Händchen haltende Pärchen mit Sonnenhüten – der ganze Auflauf staute sich auf der Dorfstraße. Sie war so überfüllt, dass Max und Valentine absteigen mussten und ihre Räder schoben.

Plötzlich sah Max aus dem Augenwinkel, wie Valentine stehen blieb und den Hals reckte. Er schaute erst das Mädchen an, dann folgte er ihrem Blick. Von See her waberte eine schwarze Wolke auf das Dorf zu – und es war kein Gewitter! Er stieß Valentine an, und die beiden bugsierten ihre Räder eilig unter die Markise eines Andenkenladens. Kaum hatten sie sich zwischen die Postkartenständer und Körbe mit Muscheln und getrockneten Seesternen gezwängt, prasselte ein Regen aus lauwarmer Krabbentaucherkacke nieder. Auf der Dorfstraße brach Chaos aus, die Urlauber stieben schreiend auseinander.

Nur Augenblicke später waren Max und Valentine wieder aufgestiegen, die Straße war jetzt menschenleer und hell gesprenkelt. Ihre Reifen machten sanft schmatzende Geräusche und hinterließen Furchen in dem weißen Schlick. Am Kurplatz bogen die Kinder in eine kleine Seitenstraße ein, hier ging es besser voran und sie traten wieder in die Pedale. Sie bogen ein paarmal ab, dann bremste Max: »Das ist die Straße, am besten, wir fahren erst einmal nur am Haus vorbei und checken die Lage.«

»Passt«, nickte Valentine.

Der Heilbuttweg war eine Sackgasse am Rande des Dorfs, mit kleinen Reetdachhäusern und großen Gärten. Krista Redders Haus lag hinter einem weiß gestrichenen Jägerzaun, an dem sich in der Abendsonne hohe Stockrosen gen Himmel reckten. Es war das letzte Gebäude, danach wurde die Straße zu einem schmalen Trampelpfad, der in die Salzwiesen führte.

Max hielt an. Außer einem Meer von Blüten konnte er nicht viel erkennen. Wie kleine bunte Gebirge erhoben sich rosa Hortensienbüsche, lila Sommerflieder, rote Rosen und ein Apfelbaum, an dem noch unreife Früchte hingen. Aber das Haus? Das ganze Grünzeug versperrte Max die Sicht.

Valentine kam neben ihm zum Stehen. »Siehst du was?«, fragte sie.

Er schüttelte den Kopf.

»Dann machen wir zu Fuß weiter«, schlug sie vor und stieg ab. Sie lehnte ihr Rad an den Jägerzaun und nickte Max zu, es ihr gleichzutun. Aber … war das nicht etwas zu auffällig? Sollten sie die Räder nicht lieber irgendwo verstecken? Max zögerte.

»Gern heute noch, Maxilein!« Valentine strahlte ihn an. Wahnsinn, wie sie es schaffte, ihre Befehle so zuckersüß zu verpacken. Gehorsam stieg Max ab und lehnte sein Rad gegen ihres.

Da zog Valentine ihr Handy aus der Tasche und legte es ans Ohr. Komisch, dachte Max, er hatte gar kein Klingeln gehört, aber Valentine sah aus, als würde sie konzentriert lauschen. Sie nickte eifrig und sah scheinbar gedankenverloren zu Redders Haus hinüber.

Da verstand Max.

Er sah auf seine Turnschuhe. Die Schnürsenkel saßen perfekt, trotzdem bückte er sich nun und fingerte umständlich an den Schleifen herum. Zwischen den weißen Latten des Zauns und den Blumenstängeln hindurch erspähte er einen schmalen Kiesweg, der vom Gartentor wegführte. Nach einigen Metern gabelte er sich: Eine Abzweigung führte zur Haustür, die zweite weiter in den Garten, wo sie hinter dem Haus an einem Schuppen endete. Seine Wände waren fast nicht zu sehen, so heftig umrankte ihn eine Kletterrose. Max fiel auf, dass die Tür halb offen stand. Das wäre ein gutes Versteck, schoss es ihm durch den Kopf. Von dort hätte man eine gute Sicht auf das Haus und das Gartentor.

Keine zehn Minuten später hatten sie den Heilbuttweg in Richtung Salzwiesen verlassen, waren eine unauffällige Runde auf dem Wiesenwanderweg spaziert und pirschten sich nun von hinten an Krista Redders Grundstück heran. Geschützt von Gebüsch und Blütenpracht kletterten sie über den Zaun und duckten sich unter einen dichten Busch. Max linste Richtung Haus. Dort war alles unverändert ruhig.

»Was ist, wenn sie jetzt zum Fenster rausschaut?«, flüsterte Valentine neben ihm. Max zuckte mit den Schultern. Gute Frage. Wenn Krista Redder sie jetzt erwischte, säßen sie ganz schön in der Patsche.

»Dann tun wir so, als wollten wir Äpfel klauen«, flüsterte Max zurück.

Valentine kicherte. »Super, dann bekommst du die zweite Anzeige innerhalb einer Woche. Erst Brandstiftung, dann Apfeldiebstahl!« Max lächelte gequält. Daran wollte er jetzt nicht denken. Sie durften einfach nicht erwischt werden. »Auf drei rennen wir los«, flüsterte Valentine. »Okay?«

»Okay.«

Max fühlte, wie sein Herz klopfte. Valentine zählte, und sie rannten gebückt, und so schnell sie konnten, über den Rasen bis hinter den Schuppen. Dann schlüpften sie durch die halb offene Tür.

Im Innern des Schuppens war es düster, nur ein kleines von den Rosen fast zugewuchertes Fenster ließ Licht herein. Im Halbdunkel machte Max eine Reihe von Säcken aus, die wahrscheinlich Gartenabfälle enthielten. Er roch feuchtes Gras und Erde. Gleich neben der Tür stand eine Schubkarre, darin ein Werkzeugkasten. An der Wand lehnten eine Schneeschippe, Schaufeln, ein Rechen, ein Besen. Dazwischen ein Sammelsurium aus Eimern, Blumentöpfen, und Gummistiefeln. Über dem einen Griff der Schubkarre baumelte ein Arbeitshandschuh. Er sah in dem Schummerlicht aus wie eine Geisterhand.

»Glaubst, sie hat uns bemerkt?« Valentine riss Max aus seinen stillen Beobachtungen.

»Weiß nicht. Wenn ja, dann ist sie in einer Minute bei uns, wetten?«

Valentine trat vorsichtig an das Fenster und spähte hinaus. »Ich kann die Haustür sehen«, sagte sie leise. »Bisher kommt keiner raus.«

Max stellte sich neben sie. Die Scheibe war ziemlich dreckig. Ob sie das Fenster öffnen sollten? Er sah allerdings keinen Griff, offenbar konnte man es gar nicht aufmachen. Er wischte mit der Hand über das Glas, nun hatte auch er halbwegs freie Sicht auf die Haustür. Allerdings sah er jetzt auch, dass auf der anderen Hausseite eine Veranda lag, die rundum von üppig blühenden Büschen umgeben war. Wenn Redder ihr Haus auf diesem Weg verließe, wäre sie vor neugierigen Blicken sicher. Auch vor denen von Max und Valentine.

»Sag, was machen wir eigentlich, wenn die Frau Redder jetzt losfährt Richtung Vogelschutzstation?«, meldete Valentine sich zu Wort. »Dann müssen wir Nicola doch warnen, oder?«

Nicola warnen? Max grunzte widerwillig, was ungefähr klang wie »hrgrrrmpf!«. Nicola warnen, dazu müsste er ja mit ihm sprechen! Und das kam im Moment nicht infrage. Max spürte, wie es in seinem Magen schon wieder zu sieden begann. Er war immer noch stinksauer.

Da gellte ein Schrei aus seiner Hosentasche:

Aau aau au kjiiiau kjau kjau!

Er zog sein Telefon hervor und sah auf das Display. »Nicola«, sagte er zu Valentine. »Ich geh nicht ran.«

»Doch! Nimm ab! Vielleicht ist die Frau Redder ja schon bei ihm!«

Max zögerte. Unschlüssig sah er auf das Gerät in seiner Hand. Dann seufzte er und tippte auf »Gespräch annehmen«.

»Max? Das glaubst du nicht!«, rief ihm Nicola aus dem Apparat entgegen.

»Ja, hallo. Was ist denn?«, fragte Max eisig.

»Ich hab gerade in diesen alten Aufzeichnungen von Dark Dönnerschlach gelesen! Diese Papiere, die er dem Heimatverein ausgeliehen hatte!«

»Aha. Sehr interessant.« Was wollte der Kerl?

»Max, dort steht die Lösung des Rätsels! Ich glaube, ich weiß jetzt, wo das Testament versteckt ist!«

»Was?!« Max sprang auf. Hatte er sich verhört? Valentine drehte sich verwundert zu ihm. »Wo ist es? Und woher weißt du, wo es ist?«

»Da war so ein altes Schreibheft, und darin –« Nicolas Bericht brach abrupt ab.

»Nicola? Hallo?«

Stille.

Die Leitung war tot.

»Ey! Was soll das jetzt?«, schrie Max sein Handy an.

»Was ist los?«, fragte Valentine.

»Nicola weiß, wo das Testament ist!«, rief Max. »Und als er mir den Ort sagen wollte, war er plötzlich weg.« Max tippte hektisch auf seinem Handy herum. Er musste sofort zurückrufen. Aber aus irgendeinem Grund konnte er keine Verbindung herstellen. Gerade war er dabei, es zum zweiten Mal zu versuchen, als ihn ein markerschütterndes Quietschen aufschreckte. Es kam von der Tür des Schuppens. Er drehte sich um und sah gerade noch, wie sie mit Wucht zufiel. Unmittelbar darauf drehte sich ein Schlüssel im Schloss. Max stürzte zur Tür und rüttelte an der Klinke. Abgeschlossen. Sie saßen in der Falle.

26. Kapitel

Donnerstag, 13. August, 20.11 Uhr

»Was macht ihr in meinem Schuppen?« Krista Redder war verwirrt. Wer waren diese Gören, was machten sie in ihrem Schuppen, und weshalb wussten sie von dem Testament?

»Wir, äh … wollten Äpfel klauen!«, rief eine Mädchenstimme von drinnen.

»Quatsch, die sind noch gar nicht reif. Ihr seid hier eingebrochen, und ich werde die Polizei holen. Es sei denn, ihr sagt mir, wo ich diese Nicola finden kann. Ich würde gern mal mit ihr über das Testament sprechen.«

Pause. Offenbar hatten die beiden Halbwüchsigen hinter der Tür nicht gemerkt, dass Krista sie belauscht hatte. Sie hatte es sich in ihren Trainingshosen gemütlich gemacht und auf der Terrasse Eistee getrunken und dann diesen seltsamen Schrei aus dem Schuppen gehört. Klang wie ein Vogel, eine Möwe wahrscheinlich. Jedenfalls war sie sofort nachsehen gegangen. Und zu ihrer Überraschung hatte sie durch die halb offene Tür keine Möwe erblickt, sondern einen Jungen und ein Mädchen, die mit einem Telefon hantierten. »Also, wo finde ich diese Nicola jetzt?«

»Auf dem Festland«, kam die Jungenstimme, »und Nicola ist kein Mädchen!«

»Ihr glaubt doch nicht, dass ich darauf reinfalle«, rief Krista Redder spöttisch. Dann ergänzte sie: »Aber ihr habt jetzt viel Zeit, euch zu überlegen, wo sie wirklich steckt. Oder er. Solange dürft ihr es euch in meinem Schuppen bequem –«

Eine Hand legte sich schwer auf ihre Schulter. Krista Redder fuhr erschrocken herum. Vor ihr stand Big Joe Blank und starrte ihr direkt in die Augen.

»Herr Blank, was ... was machen Sie denn hier?« Der Mann sah ziemlich mitgenommen aus. Die Haare standen wirr vom Kopf ab, der Kragen seines einst wohl weißen Polohemdes war verdreckt.

»Was ich mache? Ihnen Zeit kaufen, liebe Krista«, zischte Blank tonlos. »Ich nehme an, dieser Blogger hat auch mit Ihnen gesprochen?«

»Labersen? Ja.« Er hatte ihr unangenehme Fragen gestellt. Und er hatte ihr erzählt, dass es Zeugen gab, die sie beim Einbruch in die Station gefilmt hätten.

»Dann wissen Sie ja, was er plant. Und darum habe ich uns, nein: Ihnen, Krista, eben Zeit gekauft. Sollte jetzt mindestens ein, zwei Tage dauern, ehe der Typ seinen verfluchten Artikel veröffentlichen kann.«

Krista Redder sah den Mann verständnislos an.

»Ich habe ihn zum Schweigen gebracht«, erklärte Blank und hob wie zur Erklärung die rechte Hand. Jetzt erst sah Krista, dass Blank darin eine Axt hielt.

»Blank, Sie haben doch nicht …?«

»Bleiben Sie locker! Ich habe ihn nicht erschlagen. Ich habe mich nur ein bisschen mit dem lieben Sendemast vergnügt. Ich bin ja kein Elektriker … aber so wie es da jetzt aussieht, würde ich sagen: Dauert einen Moment, bis man hier wieder telefonieren oder mailen kann. Und surfen erst mal nur auf den schönen Nordseewellen.« Blank gluckste, ihm schien sein dünner Witz zu gefallen. Dann wurde sein Gesicht wieder ernst. »Krista, Sie haben genau bis morgen früh, das Testament zu finden. Dann mache ich Nägel mit Köpfen.«

»Was soll das heißen?«

»Dann kommt die Station weg. Kleines Missgeschick mit dem Grillanzünder, peng, schon fackelt die Hütte ab. Und mit ihr höchstwahrscheinlich der blöde Wisch.«

»Aber …«, Krista glaubte sich verhört zu haben, »aber Sie können doch nicht einfach das Haus anzünden!«

»Ach, nein?«

»Nein. Das ist mein Haus, das bleibt stehen. Ich bin dort groß geworden, daran hänge ich.«

Blank grinste sehr breit. Und sehr bösartig. »Krista, da hast du wohl nicht richtig aufgepasst. Die Bude muss früher oder später sowieso weg. Oder dachtest du, meine Spläsch wird wie eine Umgehungsstraße drum herumgeführt?« Er lachte dreckig.

Krista fühlte, wie der Zorn in ihr aufstieg. Und überhaupt: Seit wann duzten sie sich? »Entschuldigung, aber davon war nie die Rede. Das werde ich nicht zulassen –«

»Willst du mir etwa drohen?«, unterbrach Blank sie barsch. Krista spürte, wie sich zu ihrer Wut ein anderes Gefühl mischte. Furcht.

Als sie sich vor ein paar Monaten auf Blanks Idee eingelassen hatte, da war er höflich gewesen, und charmant. Jetzt sah er aus, als würde er gleich Amok laufen. Sie musste immer wieder zu der Axt sehen, die Blank so fest umklammerte, dass seine Knöchel weiß hervortraten. Sie hatte gedacht, das Bäumeanzünden wäre ein kleiner Aussetzer gewesen. Aber offenbar schreckte dieser Mann vor nichts zurück. Trotzdem, so leicht wollte sie sich nicht einschüchtern lassen.

»Blank, das Haus ist tabu«, presste sie hervor.

»Guter Witz, ich lache morgen!« Blank warf die Axt achtlos beiseite und machte einen Schritt auf Krista Redder zu. »So, und jetzt reicht es mir. Ich riskiere hier doch nicht meinen Arsch, um mir dann von deinen Kindheitserinnerungen die Tour vermasseln zu lassen.« Blank packte sie unsanft mit der rechten Hand, mit der linken rüttelte er an der Schuppentür.

»Was haben Sie vor? Lassen Sie mich los!«, rief Krista Redder überrascht.

Blank drehte den Schlüssel, riss die Tür auf und stieß Krista unsanft nach innen.

»So. Du hast jetzt Zeit zum Nachdenken.« Mit diesen Worten warf er die Schuppentür zu und schloss ab. Die Kinder im Innern hatte er offenbar gar nicht gesehen.

»Hör gut zu, Krista!« Sie hörte seine Stimme gedämpft durch die Tür. »Wenn Labersen seinen Bericht veröffentlicht, weiß die ganze

Insel von unserer kleinen Abmachung. Und davon, wie du deinen Job auf dem Umweltamt missbraucht hast, um reich zu werden. Das wird unangenehm, das verspreche ich dir, aber dieser Sturm wird sich legen. Allerdings nur unter einer Bedingung: Das Testament muss verschwinden, und die Schutzstation noch dazu. Wenn die erst mal weg ist, werden alle einsehen, dass der Oststrand nur für eine Sache taugt: Als Baugrund für die Spläsch-300! Du hattest deine Chance, das Testament zu finden, und du hast versagt. Jetzt übernehme ich. Nicht wundern, wenn es hier nachher etwas verbrannt riecht, hehehe.«

Krista Redder wurde schwarz vor Augen, und das lag nicht nur an dem spärlichen Licht, das durch das kleine Fenster in den Raum fiel.

27. Kapitel

Donnerstag, 13. August, 20.25 Uhr

Max kam nicht mehr mit. Eben noch hatte die Redder sie eingesperrt, jetzt war sie plötzlich ihre Mitgefangene? Er sah zu der Frau hinüber. Sie saß in sich zusammengesunken auf einem mit Unkraut gefüllten Plastiksack und massierte sich die Schläfen. Sie schien es nicht besonders eilig zu haben, hier herauszukommen.

Max schon. Nicola schwebte in größter Gefahr, und sie mussten ihn warnen.

»Frau Redder?« Das war Valentine.

Redder massierte weiter.

»Frau Redder«, wiederholte Valentine. »Gemeinsam können wir bestimmt ihr Haus retten.«

Keine Reaktion.

»Schauen Sie, wenn Sie uns hier rauslassen, können wir Ihnen auch zeigen, wo Sie Nicola finden«, fuhr Valentine fort. Gleichzeitig sah sie zu ihm und kniff ein Auge zusammen. Max verstand und spann den Faden weiter: »Wir würden Ihnen das Testament dann sofort übergeben. Jetzt haben Sie schon so viele Nächte danach gesucht.«

Er konnte beinahe hören, wie es in ihrem Kopf ratterte. Sie öffnete ein paarmal den Mund und schloss ihn wieder. Wie eine Makrele auf dem Trockenen. Als das Fischmaul gerade halb offen stand, hob sie den Kopf und starrte Max an. Ob sie anbeißen würde?

Endlich sprach sie: »Woher weißt du das?«

»Was?« Max hatte ein ungutes Gefühl, irgendetwas lief schief, das erkannte er an Redders Blick. Der war plötzlich voll Misstrauen.

»Dass ich nachts das Testament gesucht habe. Woher weiß du das?«

»Ich, äh …« Bevor Max sich herausreden konnte, unterbrach Krista Redder: »Ihr seid die Zeugen, von denen Labersen gesprochen hat! Ihr habt mir die Falle mit der Kamera gestellt! Ihr …«

Während Max noch auf das Satzende wartete, hatte die Frau blitzschnell in den Werkzeugkasten gegriffen. Im nächsten Moment wedelte sie mit einem sehr spitz aussehenden Gegenstand vor seinem Gesicht herum. Was war das?

»Meine Heckenschere hat mir schon oft gute Dienste erwiesen. Hier«, mit diesen Worten reichte sie ihm einen Plastikstreifen. Offenbar auch aus dem Kasten. »Kabelbinder. Kennt ihr? Sind perfekt, um Kletterrosen zu bändigen. Oder um neugierige Kinder ruhigzustellen. Wenn du bitte so freundlich wärest, dein Handgelenk damit an ihres zu binden.« Dabei wies sie mit der Scherenspitze auf Valentine. »Und zwar recht fest, wenn ich bitten darf.«

Max blickte von der Schere zur Redder und zurück. Konnte sie ihnen mit diesem Gartengerät wirklich etwas anhaben? Vermutlich. Traute er es ihr zu? Absolut! Also gehorchte er, drückte sein linkes

Handgelenk an Valentines rechtes und zog die Schlinge zu, bis der weiße Kunststoff in seine Haut schnitt.

Valentines Finger griffen nach seinen. In jedem anderen Moment hätte er deswegen wahrscheinlich weiche Knie bekommen vor Aufregung. Jetzt nahm er es kaum wahr. Er war wie benommen, nicht einmal Valentine schien gerade irgendwas Schlaues einzufallen.

»Tut mir leid, ihr beiden. Aber ihr werdet verstehen, dass ich auf euer großherziges Angebot nicht eingehen kann. Ich kümmere mich jetzt um Blank. Ihr dürft es euch, wie schon gesagt, hier erst einmal bequem machen. Keine Sorge, sobald die Angelegenheit zur Zufriedenheit aller geregelt ist, lasse ich euch laufen.«

Dazu fiel Valentine nun doch etwas ein: »Was soll denn das heißen, bitte? Zur Zufriedenheit aller lässt sich hier ja wohl gar nichts mehr regeln!«

»Hm ...« Redder tat, als ob sie nachdächte. »Dann habt ihr wohl ein Problem. So, ich muss jetzt los.« Mit diesen Worten griff sie den Werkzeugkasten. Max zuckte unwillkürlich zusammen. Doch die Redder wandte sich dem kleinen Fenster zu, packte den Kasten mit beiden Händen und ließ ihn mit Wucht gegen das Glas krachen. Die Scheibe barst in tausend Stücke, der metallene Kasten schlug scheppernd auf dem Rasen vor dem Schuppen auf. Vorsichtig zog sie die letzten Glasstücke aus dem Rahmen, dann zwängte sie sich durch die enge Öffnung und sprang hinaus.

Einen Sekundenbruchteil später stieß sie einen markerschütternden Schrei aus.

Vorsichtig traten die Kinder an die Öffnung. Sie konnten gerade eben über den Rand schauen. Max sah, wie Krista Redder zum Gartentor humpelte, Max' Hollandrad ergriff und aus seinem Blickfeld verschwand. Er sah Valentine an, hob seinen linken Arm und ihren rechten gleich mit. Sie betrachteten einen Moment ihre Hände. »Und was machen wir jetzt?« Mehr als ein Flüstern brachte Max nicht zustande.

28. Kapitel

Donnerstag, 13. August, 20.33 Uhr

Zur selben Zeit steckte Nicola im Kamin. Wäre jetzt jemand in den großen Arbeitsraum der Vogelschutzstation Lumpensand gekommen, er hätte nur Nicolas Füße gesehen. Die standen in der Feuerstelle, die schon seit Jahren nicht mehr benutzt worden war. Der restliche Nicola war in dem Schacht verborgen, der zum Schornstein führte. Vorsichtig tastete er mit den Händen. Er fühlte Steine und Mörtel, aber nichts, was als Testament hätte durchgehen können.

Er blickte nach oben und sah – Dunkelheit. Sicherheitshalber nahm Nicola die Sonnenbrille ab. Kein Unterschied, es war wirklich verdammt finster hier. Und viel zu eng. Wenn bloß Max und Valentine hier wären – die würden bestimmt besser in diesem Schlot zurechtkommen, schlank und sportlich wie sie waren. Warum waren sie eigentlich nicht längst hier, er hatte sie doch angerufen? Wahrscheinlich, vermutete Nicola, waren sie immer noch sauer auf ihn. Er hätte sich gern bei ihnen entschuldigt. Also, zumindest für seinen Anteil an dem Streit vorhin. Aber aus irgendeinem Grund streikte sein Telefon, seit das Gespräch mit Max mitten im Satz abgebrochen war. Nicola seufzte. Sah aus, als müsste er das hier jetzt alleine schaffen, bevor das Testament den Falschen in die Hände fiel.

Allein schon die Kartons mit den alten Papieren aus dem Kamin zu wuchten, war mühsam gewesen. Und jetzt so allein im Stockdunkeln kam er nicht weiter. Kurzerhand bückte er sich, kletterte aus der Feuerstelle ins Zimmer und zog an dem eisernen Riegel im Mauerwerk, der die Kaminklappe öffnete. Öffnen sollte. Eigentlich. Aber da Nicola vermutlich der erste Mensch seit Gottweißwann war, der daran zog, tat sich nicht viel. Auch das noch! Er nahm die zweite Hand zu Hilfe, stemmte sich schließlich mit den Füßen gegen die Mauer. Eine gefühlte Viertelstunde später gab der Hebel mit einem gnädigen Knirschen nach. Nicola wischte sich den Schweiß von der Stirn, dann kletterte er zurück in den Kamin. Durch den Schornstein fiel jetzt ein schwacher Schimmer Abendlicht. Schon besser, dachte er. Aber immer noch nicht hell genug.

Wieder zwängte er sich aus dem Schacht ins Zimmer. Stand einen Moment ratlos im Raum, dann eilte er die Treppe hinauf in Dark Dönnerschlachs Büro.

Kurze Zeit später war er zurück und hatte die Schreibtischlampe des Stationsleiters in der Feuerstelle platziert. Ihr Strahl leuchtete hell nach oben, an der Innenmauer des Kamins entlang. Nicola erkannte graues, grobes Mauerwerk. Die Steine waren von Ruß und Asche verfärbt, und sie sahen rau und bröckelig aus. Der Junge nahm die Lampe in beide Hände und leuchtete sorgfältig alle vier Seiten des Schlots ab.

Dann sah er es.

Hoch über seinem Kopf, in ungefähr drei Metern Höhe, glänzte etwas matt im Licht. Das war kein Stein. Es war glatter und regelmäßiger geformt. Wie ein Rechteck aus Metall. Nicola reckte sich und streckte einen Arm hoch, so weit er konnte. Keine Chance, er kam nicht ran.

29. Kapitel

Donnerstag, 13. August, 20.33 Uhr

Big Joe Blank gab Vollgas. Das E-Mobil jaulte und raste, so schnell sein kleiner Elektromotor es eben vermochte, Richtung Vogelschutzstation. Die Axt lag im Fußraum des Beifahrersitzes. Sicherheitshalber. Doch Big Joe wusste, dass er für sein Vorhaben anderes Werkzeug brauchte. Benzin. Ja, Benzin wäre gut. Er würde es aus dem Bootsschuppen holen. Als Türöffner würde die Axt sicher gute Dienste leisten.

Dass der Redder ausgerechnet jetzt die Nerven durchgingen! Blank schnaubte verächtlich. Pech für sie, darauf konnte er keine Rücksicht mehr nehmen, er musste handeln. Tatsachen schaffen. Und zwar noch heute Nacht, bevor Krista oder dieser blöde Blogger ihn ruinieren konnten. Er hatte sein ganzes Vermögen und dazu das vieler Geldgeber in die Wasserrutsche investiert. Die Spläsch-300 musste gebaut werden! Und die Holzhütte der Vogelleute würde bestimmt gut brennen.

Die Abendsonne tauchte das Cockpit des Elektrowagens in ein warmes, orangefarbenes Licht. Big Joe sah auf seine Hände und die dreckigen, abgebrochenen Fingernägel. Was Angie wohl dazu sagen würde? Er seufzte. Heute Nachmittag im weich gepolsterten Behandlungsstuhl der Kosmetikerin hatte seine Welt noch anders ausgesehen. War das wirklich erst ein paar Stunden her?

Ein irritierendes Blinken lenkte seinen Blick von seinen Fingern hin zum Armaturenbrett. Die Akku-Anzeige hatte sich rot verfärbt und flimmerte hektisch wie ein gedoptes Glühwürmchen. Dazu ertönte eine blecherne Frauenstimme: »Bitte suchen Sie eine Ladestation auf. Ihr Fahrzeug benötigt Strom.«

Blank schlug mit den Fäusten auf das Lenkrad. Wie er dieses E-Mobil hasste! Er hatte es doch vorhin noch aufgeladen! Dieses lächerliche Wägelchen gehörte auf den Schrott. Big Joe umfasste das Lenkrad fester. Es waren nur noch ein paar Hundert Meter bis zur Schutzstation. Sollte er langsamer fahren? Oder hätte er bessere Chancen ans Ziel zu kommen, wenn er weiter auf Höchstgeschwindigkeit blieb? Ehe er eine Entscheidung treffen konnte, verstummte das vertraute Surren. Der Wagen rollte noch ein paar Meter aus, dann kam er im Sand des Weges zum Stehen.

»Aus technischen Gründen ist eine Fahrt zurzeit leider nicht möglich«, kommentierte die Blechstimme.

Big Joe ignorierte sie, griff sich die Axt und sprang aus dem Wagen.

30. Kapitel

Donnerstag, 13. August, 20.33 Uhr

»Wir müssen raus hier und Nicola vor diesen Irren warnen!« Max versuchte, einen klaren Gedanken zu fassen. Wenn Joe Blank wirklich die Station in Brand setzen wollte, schwebte Nicola in Lebensgefahr. Max griff nach dem Fensterbrett, um die Höhe abzuschätzen – und wurde mit einem Ruck zurückgerissen.

Mist, die Handfessel.

»Aua, bist du deppert?«, rief Valentine.

Max konnte sehen, wie der Kabelbinder, der sie an den Handgelenken zusammenhielt, in Valentines Haut einschnitt. »Wir müssen dieses Teil irgendwie aufkriegen«, sagte er.

Er sah sich im Schuppen um: Nichts zu entdecken, das geeignet gewesen wäre, sie aus ihrer misslichen Lage zu befreien! Sie brauchten eine Zange, eine Schere, oder eine Säge. Doch wenn es so etwas gegeben hatte, lag es jetzt im Werkzeugkasten auf der anderen Seite der Schuppenwand. Unerreichbar weit weg.

»Vielleicht ist das Metall hier an dem Spaten scharf genug«, sagte Valentine und deutete auf das Gerät, das an der Wand lehnte.

Kurz darauf führten sie ihre Fessel mit Sägebewegungen über das stählerne Spatenblatt. Zehnmal, zwanzigmal, dreißigmal. Als sie ihr Werk begutachteten, sahen sie, dass der Spaten nur ein paar Kratzer auf dem Plastik hinterlassen hatte.

»So geht das nicht«, sagte Max. »Wir verlieren hier zu viel Zeit. Lass uns gehen.«

»So etwa?«, fragte Valentine und hob ihre gefesselte Hand, wobei sie die von Max mit in die Höhe zog.

»Genau so. Immer noch besser als hier rumzusitzen.«

Valentine überlegte kurz. »Du hast recht.«, sagte sie schließlich. »Aber keine plötzlichen Bewegungen mehr, okay?«

»Okay.« Max musste lächeln.

Gemeinsam gingen sie zum Fenster. Valentine schob einen der Laubsäcke direkt darunter, dann nickte sie Max aufmunternd zu.

»Äh, und wie machen wir das jetzt?«, fragte der unsicher.

»Du zuerst, Maxi. Mit den Beinen!«, erklärte sie. Max stieg auf den Laubsack. Diesmal führte Valentine ihre Hand mit, als er seine auf dem Fensterbrett aufstützte. Irgendwie gelang es ihm, seine Füße aus der winzigen Öffnung zu schwingen. Bevor er sich überlegen konnte, wie er sich durch die Heckenrose zwängen sollte, ohne von ihren Dornen durchlöchert zu werden wie ein Küchensieb, hatte Valentine ihm schon einen Schubs gegeben. Unsanft schlidderte er durch das kratzige Gestrüpp an der Wand entlang und landete auf beiden Füßen. Sein rechter Arm blutete. Der linke mit dem Kabelbinder tat weh, weil er ihn kerzengerade in die Höhe recken musste wie eine Ballerina bei der Pirouette.

Dort oben quetschte sich jetzt Valentine aus der Fensteröffnung.

Ihren Armen folgte der Kopf. So robbte sie immer weiter, bis ihr ganzer Oberkörper aus dem Fenster hing. Ihre langen Haare kitzelten Max im Gesicht.

»Magst du mich vielleicht freundlicherweise rausziehen?«, schnaufte sie.

Max griff mit seiner freien Hand unter Valentines Arm. Das Mädchen war viel schwerer, als er erwartet hatte. Aber sie war gelenkig, und so landete sie schließlich wohlbehalten neben ihm im Gras.

»Alles okay?«, fragte Max.

Valentine antwortete nicht, sie zog ihn schon zum Gartenzaun. Zu der Stelle, an der jetzt nur noch Valentines Rad stand.

»Wir nehmen mein Rad!«, sagte sie.

Max hatte keine Ahnung, wie zwei aneinandergefesselte Menschen ein Fahrrad benutzen sollten. Aber er sagte nichts. Denn es musste einfach irgendwie gehen. Was sollte sonst aus Nicola werden?

Sie kletterten über den Gartenzaun – vorsichtig, um nicht an dem Kabelbinder zu reißen – und standen grübelnd da. Max war ratlos. »Wenn einer auf dem Lenker sitzen würde …«, sagte er schließlich.

»Das könnte sich ausgehen!«, rief Valentine. Sie schwang sich in den Sattel und hielt den Lenker mit der freien linken Hand fest. Jetzt war Max an der Reihe. Vorsichtig stützte er sich auf und rutschte in Position, sodass er Valentine ansah. Die gefesselte Hand hinderte ihn daran, sich irgendwo festzuhalten. Konnte das wirklich gut gehen?

»Sitzt du? Ich fahr los!« Valentine trat in die Pedale. Das Rad schlingerte bedenklich von einer Seite zur anderen. Max streckte instinktiv die Beine aus, falls er einen Sturz abfedern müsste. Doch da hielt Valentine schon an.

»Das geht nicht! Du bist mir zu groß. Und zu schwer. Wir tauschen die Plätze!«, sagte sie bestimmt.

Eine Minute später lenkte Max ihr Rad, so schnell er konnte, über den Salzwiesenweg. Sein Herz raste vor Angst – vor einem Crash, und davor, was Big Joe an der Vogelschutzstation anrichten würde.

Als sie ungefähr die halbe Strecke geschafft hatten, sah Max sein Rad am Wegrand liegen. Die Kette, schoss es ihm durch den Kopf. Garantiert war der Redder die Kette rausgeflogen. Und noch garantierter hatte sie keinen Schraubenzieher parat – geschweige denn, dass sie gewusst hätte, was sie damit tun sollte. Pech gehabt.

Wie zur Bestätigung seiner Vermutung fuhren sie kurz darauf an einer humpelnden Gestalt in Trainingshosen vorbei. Nach ein paar kräftigen Tritten in die Pedale hatten sie Krista Redder hinter sich gelassen. Was immer sie den beiden hinterherschrie, Max konnte es nicht mehr verstehen.

Kurz bevor sie das Buchenwäldchen erreichten, musste Max dem nächsten Hindernis ausweichen. Dort stand mitten auf dem Weg ein verlassenes E-Mobil. Im Vorbeifahren sah Max, dass das Dach des Fahrzeugs von tiefen Furchen übersät war. Als hätte es jemand als Hackklotz missbraucht.

Dann erschien endlich die Schutzstation vor ihnen. Das Licht der letzten Sonnenstrahlen übermalte die bunte Fassade in einem tiefen Rot. Wie Glut, dachte Max.

31. Kapitel

Donnerstag, 13. August, 21.08 Uhr

Um Nicola herum war es dunkel. Der Junge stand wieder im Kamin, diesmal auf einer Art Leiter, die er sich aus zwei aufeinandergestapelten Küchenhockern gebaut hatte. Die Konstruktion war für seinen Geschmack deutlich zu kippelig. Aber er gab sein Bestes: Mit der linken Hand umklammerte er Darks Schreibtischlampe, deren Strahl er genau auf das metallene Kästchen hoch oben im Mauerwerk richtete. In der rechten Faust hielt er einen Besenstiel, damit stocherte er im Schornsteinschacht und versuchte, die kleine Schatulle aus ihrer Verankerung zu stoßen. Asche rieselte auf Nicolas Nase und kitzelte unangenehm. Seine Brillengläser waren schon seit einiger Zeit von einer grauen Staubschicht bedeckt, sodass er kaum noch durch sie hindurchsehen konnte.

Als Nicola sich das Gesicht am T-Shirt-Ärmel abwischte, hörte er plötzlich, wie jemand seinen Namen rief. Es klang ziemlich gedämpft durch die dicke Ziegelwand des Kamins. Er hielt inne.

»Cola! Cola, wo steckst du?« Das war doch Max!

Dann eine Mädchenstimme: »Cola! Bitte! Schnell!« Valentine! Endlich waren sie gekommen. Aber wieso brüllten sie so? Nicola vernahm eilige Schritte im Flur. Klar, Valentine hatte auch einen Praktikantenschlüssel, darum waren beide schon im Haus. Da meldete sich Max erneut: »Cola! Wo bist du denn?«

»Hier!«, rief Nicola zurück, so laut er konnte.

Er hörte, wie die Tür aufging.

»Hier«, rief er noch einmal. Nicola bereute längst, was er in der »Villa Wattwurm« gesagt hatte. Während seiner Ausgrabungsarbeiten im Kamin hatte er nicht nur Max vermisst, sondern auch Valentine. Sie wusste einfach immer, wo es langging. So jemanden hätte er in der letzten Stunde gut gebrauchen können. Er konnte schon verstehen, dass sie Max gefiel. Und jetzt wäre er beiden am liebsten vor Freude entgegengehüpft. Nur hatte er keine Ahnung, wie er von seinem Küchenschemelturm herunterkommen sollte, ohne sich dabei das Genick zu brechen. Er konnte sich nirgends festhalten, und die Lampe in seiner Hand war dabei auch nicht gerade eine große Hilfe.

Wieder hörte er Valentines Stimme, jetzt ganz dicht bei ihm. »Es kam aus diesem Zimmer, da bin ich mir ganz sicher!«, sagte sie.

Nicola versuchte, sich die Lampe unter den Arm zu klemmen. Sein Turm begann bedenklich zu schwanken.

»Aber hier ist niemand!«, hörte er Max noch sagen. Dann krachte die Konstruktion mit lautem Gepolter zusammen. Kurz darauf beobachteten ein sehr verwunderter Max und eine völlig verdatterte Valentine, wie vor ihnen eine rußverschmierte Gestalt aus dem Kamin kroch. Immerhin mit noch intaktem Genick. Sie sahen sprachlos zu, wie Nicola sich aufrichtete und die Asche aus den Haaren schüttelte.

Valentine erholte sich als Erste. »Geh, Nicola. Machst du jetzt einen auf Rauchfangkehrer?«

»Sie meint Schornsteinfeger, schätze ich«, ergänzte Max.

Nicola ignorierte den Spruch. »Ich habe das Testament gefunden. Glaube ich jedenfalls.« Er drehte sich um und zeigte auf den gemauerten Schacht. »Im Kamin.« Dann musste er husten, er hatte offenbar noch einmal so viel Aschestaub eingeatmet, wie ihm in Kleidern und Haaren hing.

»Nicola, der Big Joe Blank ist ausgezuckt!« Valentine klang ganz aufgeregt. »Wir müssen raus!«

»Nein … rein!«, widersprach Nicola und zeigte auf die Feuerstelle. »Das Testament ist da drin!«

»Big Joe will hier Feuer legen!«

»Im Kamin?«

»Nein! Überall!«, rief Max. »Er will das ganze Haus abfackeln. Er will, dass das Testament verbrennt, bevor es jemand findet. Wenn wir nicht sehen, dass wir hier wegkommen, enden wir als Räucherfisch.«

»Alter, ist der übergeschnappt?« Nicola verstand nicht recht.

»Schaut so aus, ja«, erwiderte Valentine trocken.

Nicola verstand immer noch nicht. »Aber dann müssen wir sofort die Polizei rufen! Allerdings müsst ihr das übernehmen, mein Telefon ist kaputt und – «

»Alle Telefone sind kaputt«, unterbrach Max. »Big Joe hat die Sendeanlage zerstört.«

»Und jetzt ist er auf dem Weg hierher«, ergänzte Valentine. »Oder schon da.«

Nicola schluckte. »In Ordnung, dann lasst uns verschwinden. Aber …« Er machte eine kurze Pause, nahm die verdreckte Brille ab und sah erst Max, dann Valentine durchdringend an, auch wenn sie ihm dabei nur unscharf erschienen. »… aber mit dem Testament. Wir sind so kurz vorm Ziel. Ich bin sicher, es steckt dort im Kaminschacht. Nur habe ich es alleine nicht rausgekriegt. Das geht nur mit eurer Hilfe.«

Nicola sah zu Max, Max sah zu Valentine, Valentine zu Nicola. In diesem Moment hörte man nur das entfernte Rauschen der Wellen.

So still war es.

Es war so ein Moment, in dem alle Zeiger auf Null gesetzt werden: Der Streit in der Villa – vergessen, Nicolas Eifersucht – verpufft, Max' Wut – vergessen und verpufft. In diesem Moment spürten alle drei, dass sie noch einmal von vorne anfangen konnten. Als Team.

»Gut. Wo steckt das Teil?« Valentine grinste breit und machte einen großen Schritt auf den Kamin zu. Dabei riss sie Max an der Handgelenksfessel mit, sodass er stolperte.

Max und Valentine sahen sich kurz an. Dann hoben sie zeitgleich die Arme. Erst jetzt bemerkte Nicola, dass die beiden aneinandergefesselt waren.

»Äh?« Etwas Besseres fiel ihm dazu nicht ein.

»Erklären wir dir später«, sagte Max. »Jetzt ist keine Zeit.«

Wortlos fischte Nicola seinen Schlüsselbund aus der Hosentasche, klappte sein Taschenmesser auf und zerschnitt den Kabelbinder. Wie hatten die beiden es derart verbandelt überhaupt hierher geschafft?

Nicola wunderte sich kurz, dann schob er den Gedanken schnell weg. Dafür war später noch Zeit, jetzt durften sie keine Sekunde mehr verlieren.

Nicola zerrte die Küchenhocker aus der Feuerstelle und warf sie unsanft auf den Fußboden. »Im Schornstein steckt ziemlich weit oben ein Kästchen. Wenn ich Darks Aufzeichnungen richtig deute, muss das Testament da drin sein. Denn es ist der sicherste Ort, den Niels Redder kannte.« Nicola bückte sich und kletterte in den Kamin. »Nur eben, wie gesagt, ziemlich weit oben. Einer von euch muss auf meinen Schultern stehen, dann kommen wir ran.«

Max nickte Valentine zu. »Du bist leichter als ich. Und gelenkiger.«

»Passt«, sagte Valentine und kroch Nicola hinterher.

Kurz darauf stand sie auf Nicolas Schultern. Er hielt ihre Knöchel umklammert, damit sie nicht abrutschte. Im Zimmer kniete Max vor dem Kamin und leuchtete mit der Schreibtischlampe in den Schlot hinauf.

Im selben Augenblick brach vor dem Haus ein kreischender Lärm los, als würde jemand mit einer Motorsäge über einen Laternenpfahl herfallen. Selbst in dem engen gemauerten Schacht konnte Nicola es deutlich hören. Noch während er überlegte, ob es hier überhaupt Laternenpfähle gab, kommentierte Max von unten: »Das sind die Gänse. Copy und Paste schlagen Alarm! Ich glaube, Blank ist da!«

Wie zur Bestätigung mischte sich zu den Schreien der Gänse nun ein weiteres Geräusch. Ein lautes Hämmern und Krachen. Es klang, als versuche jemand die Tür zum Bootsschuppen zu öffnen. Mit einer Axt statt dem Schlüssel.

»Beeilt euch!«, schrie Max in den Kamin hinein. »Wenn Blank das Benzin im Schuppen findet, sind wir erledigt! Und er wird es dort finden!«

Die Zeit rannte ihnen davon.

»Max, wir haben es gleich. Die Lampe weiter nach links!«, befahl Nicola unbeirrt. Er dirigierte Max, bis der Lichtkegel genau auf das Kästchen traf. Valentine reckte sich, Nicola spürte, wie sich ihre Zehen in seine Schultern gruben. Er biss die Zähne zusammen.

Als hätte sie es geahnt, hörte er über sich Valentines beschwörende Stimme: »Durchhalten, Nicola, durchhalten. Gleich habe ich es … ich habe es!« Er hörte ein Knirschen, noch mehr Asche, Brösel und Brocken von Mörtel, Ruß und Stein regneten auf ihn herab. Dann spürte er schmerzhaft, wie Valentine ihr Gewicht verlagerte und von seinen Schultern glitt. Beide zwängten sich nacheinander aus dem Kamin ins Zimmer, und Valentine hielt den Jungen ihre Beute hin: ein mattgrün lackiertes Kästchen. Darauf ein Aufkleber mit der Aufschrift »Gummiringe«.

Gummiringe? Nicola nahm die Kiste in die Hand. Was, wenn wirklich nur Gummiringe darin waren?

Er ruckelte am Deckel des Kästchens. Die Box war sehr lange nicht geöffnet worden, das war klar.

Ein sanftes Klirren riss ihn aus seinen Gedanken: Im Nebenzimmer zerbarst eine Fensterscheibe. Dann eine zweite. Der Windhauch, der durch die Räume fuhr, roch nach Tankstelle.

Blank machte ernst! Entsetzt sahen die Kinder einander an. Copy und Paste kreischten inzwischen wie ein ganzes Sägewerk.

»Die Gänse!«, rief Valentine. »Wir müssen die Gänse rauslassen, bevor hier alles brennt.«

Im selben Augenblick bemerkte Nicola, wie durch die geöffnete Zimmertür die ersten dicken Rauchschwaden waberten. Qualm stieg ihm beißend in die Augen.

»Raus hier!«, rief Max und rannte zur Tür.

Doch Nicola zögerte. Der Weg zur Haustür führte genau durch das Nebenzimmer, das offenbar schon brannte. Sollte er da wirklich durch? Das Atmen fiel ihm plötzlich schwer. Es war, als hätte ihm jemand eine Schlinge um den Hals gelegt, die sich Stück für Stück zuzog. Nicola fühlte, wie Panik in ihm aufstieg. Er war wie gelähmt. Wo waren Max und Valentine? Mittlerweile war das Zimmer vollständig mit Qualm gefüllt, er konnte nichts sehen. Der Rauch trieb ihm Tränen in die Augen, ihm wurde schwindelig. Wo war noch mal die Tür?

Da spürte er einen unsanften Ruck an seinem Arm.

»Vally, ich hab ihn!«, hörte er Max rufen. Seine Stimme klang sonderbar gedämpft.

Nicola fühlte, wie er durchs Zimmer gezerrt wurde, er stieß gegen den Türpfosten, ein stechender Schmerz fuhr ihm in die Schulter. Die ersten Flammen leckten die Wände hoch. Nicola stolperte weiter, immer weiter. Bis Max ihn mit einem letzten energischen Schubs vor die Haustür stieß. Nicola taumelte noch ein paar Schritte vorwärts, dann fiel er hustend auf die Knie. Sein Herz klopfte so schnell wie ein wild gewordenes Metronom. Schneller als der schnellste Beat.

Nur undeutlich konnte Nicola seine Umgebung erkennen. Die Sonne war jetzt ganz untergegangen. Und seine Brillengläser bedeckte ein Film aus Ruß und Tränen.

»Hast du die Gummiringe?«, hörte er Valentine neben sich.

Das Kästchen! Wo hatte er es hingetan? Nicola sah an sich herunter. Seine Hände waren leer.

Doch aus seiner Hosentasche ragte etwas Glänzendes. In dem Chaos musste er die Box ganz ohne nachzudenken eingesteckt haben. Erleichtert zog er sie hervor und streckte sie Max hin.

Max hebelte an dem Deckel herum. »Der klemmt!«, murmelte er. Erst als Nicola mit seinem Taschenmesser nachhalf, sprang der Deckel auf. Nicola griff in das Kästchen und zog ein gefaltetes Papier hervor. Es fühlte sich alt an. Und brüchig wie trockenes Herbstlaub. So als könnte es zwischen seinen Fingern zerbröseln, wenn er nicht behutsam war.

Vorsichtig entfaltete er den Zettel.

»Lies vor!«, drängelte Valentine und leuchtete mit ihrem Handy darauf. Das Papier enthielt nur ein paar wenige Zeilen. Nicola wischte die Brille, so gut es ging, an seinem T-Shirt sauber und las laut:

Hiermit erkläre ich, Niels Redder, dass dereinst nach meinem Tod, mein Haus und Grundstück am Oststrand Dark Dönnerschlach erben soll. Dem ich ewig dankbar bin, weil

er, obwohl selbst noch ein Kind, mich und vor allem meine einzige Tochter Krista gerettet hat. In jener Sturmnacht, als dieser standhafte Kamin uns der einzige Schutz war.

»Gib mir den Wisch!«

Die Stimme gehörte weder Max noch Vally. Nicola blickte auf und sah Big Joe Blank, sein Gesicht schimmerte gespenstisch in Valentines Handylicht. Er erkannte ihn sofort, auch wenn der Mann nicht mehr viel mit der Erscheinung zu tun hatte, die noch vor wenigen Tagen den Song-Wettbewerb moderiert hatte. Unglaublich, fuhr es Nicola durch den Kopf, wie unendlich lange das her schien! Blanks Hemd war komplett verdreckt und verschwitzt, die Hose fleckig und zerrissen. Die Frisur des Mannes sah aus, als trüge er eine nasse Mähnenratte auf dem Schädel spazieren.

»Äh … welchen Wisch?«, antwortete Nicola und schob das Papier schnell in die Hosentasche. Natürlich zu spät, wie ihm selbst klar war.

»Verarschen kann ich mich selbst«, knurrte Blank bedrohlich. Dann hustete er, der Rauch wehte inzwischen in dicken Schwaden vom Haus herüber.

»Man kann den Brand bis ins Dorf sehen«, sagte Max ruhig. »Feuerwehr und Polizei werden gleich hier sein.«

Big Joe verzog das Gesicht zu einem irren Grinsen. »Willst du mir etwa drohen? Ich krieg gleich Panik, Kleiner. Und jetzt zeige ich euch mal, wie man das richtig macht.« Blank begann, mit seiner rechten Hand an seinem hinteren Hosenbund herumzufummeln.

Gleichzeitig sprach er mit verstellter Stimme, als würde er einen Vortrag vor großem Publikum halten. »Ich begrüße euch herzlich zu meinem Ferienkurs ›Drohen für Anfänger‹. Lektion eins: Das richtige Werkzeug. Hier!« Mit diesen Worten machte er einen Satz auf Max zu und schwang seine Axt hinter dem Rücken hervor. Sie hatte offenbar in seinem Gürtel gesteckt. Nicola entfuhr ein Schrei. Er sah, wie die Klinge aufblitzte und direkt vor Max' Gesicht zum Stillstand kam.

»Lassen Sie mich los.« Max presste die Worte hervor. Jetzt bemerkte Nicola, dass Blank mit der linken Hand den Arm seines Freundes fest umklammert hielt. Mit der rechten hob er die Axt langsam immer höher, als wolle er zum Hieb ausholen.

»Nein!«, rief Valentine.

»Okay, hier ist der Zettel!« Mit zitternden Fingern zog Nicola das Testament aus der Tasche und hielt es Blank hin. Der stieß Max zu Boden und riss Nicola das Papier aus der Hand.

Er überflog die Zeilen eilig. Dann setzte er sich langsam in Bewegung, weg von den Kindern, auf das brennende Haus zu, immer noch die Axt in der Rechten. Er ließ Nicola dabei nicht aus den Augen. »Na, mal gut, dass ich zur rechten Zeit am rechten Ort bin«, sagte Blank. »Stellt euch nur vor, dieses Schreiben wäre vernichtet worden. Dann hätte die Welt ja nie erfahren, dass Dark Dönnerschlach als Erbe … hoppla!«

Big Joe Blank schien mitten im Satz zu stolpern. Was komisch war, da er sehr langsam ging und keinerlei Hindernis zu erkennen war. Der einzige Gegenstand weit und breit war ein Benzinkanister, aber der lag einige Meter von Blank entfernt. Der Mann machte zwei taumelnde Schritte nach vorn, als hätte man ihn geschubst, wobei das Papier aus seiner Hand und geradewegs in die Flammen glitt, die jetzt hell aus den Fenstern emporschossen. Niels Redders Testament loderte kurz auf, dann zerfiel es zu Asche.

»Hoppla«, rief Blank noch einmal. Dann blickte er mit gespielter Verwunderung auf den Benzinkanister. Mit ein paar Schritten war er bei ihm. Er ließ die Axt fallen, hob ihn auf, und bevor Nicola begriff, was passierte, schleuderte er ihn voller Wucht durchs Fenster.

»In Deckung, Kinder!«, rief er. Dann rannte er laut lachend am brennenden Haus vorbei und verschwand in der Dunkelheit.

»Weg hier!«, rief Valentine. »Das explodiert gleich!«

Nicola rannte, so schnell er konnte. Nur fort von hier, zum Wasser! Er hatte die Dünen gerade erreicht, da hörte er einen Knall, gefolgt von einem Fauchen wie von tausend Tigern. Erschrocken blieb er stehen und drehte sich zum Haus um. Es war ein einziger Feuerball, der sich kurz aufblähte, um dann nach wenigen Sekunden in sich zusammenzufallen. Nicola spürte einen heißen Windstoß auf dem Gesicht. Jetzt bemerkte er, dass Max bei ihm stand. Im Schein der Flammen sah er dicke Tränen auf den Wangen seines Freundes glitzern. »Unsere Station«, hörte er Max schluchzen.

»Und meine Gitarre«, fügte Nicola düster hinzu. Er hatte sie auf dem Balkon liegen lassen.

Da spürte er, wie jemand seine Hand ergriff und drückte. Valentine. Sie stand zwischen den Jungen und hielt beide an der Hand. So starrten die drei in die Flammen.

»Wir haben das Testament gefunden«, sagte Valentine leise. »Und gleich wieder verloren. Jetzt kriegen diese Verbrecher alles.«

Max nickte zu dem brennenden Haus hinüber. »Na ja, alles von dem, was übrig ist.«

Als endlich die Freiwillige Feuerwehr Lumpensand mit ihren Elektromobilen heransurrte, war das Gebäude bereits niedergebrannt. Von Big Joe Blank fehlte jede Spur.

In den folgenden Stunden geschah auf der Insel so viel wie sonst in einem ganzen Sommer nicht: Krista Redder erstattete noch in derselben Nacht Anzeige wegen Brandstiftung gegen ihren ehemaligen Komplizen. Onno Polder fasste den Mann kurz vor Mitternacht, als dieser versuchte, in einem ganz offensichtlich gestohlenen Zodiac die Insel zu verlassen. Er wurde per Polizeiboot aufs Festland gebracht. Im Morgengrauen wurde der Telefonmast der Insel repariert. Unmittelbar darauf erschien auf *lumpenblog.com* der Artikel von Arfst Okke Labersen, der die Machenschaften von Krista Redder und Big Joe Blank aufdeckte. Noch vor dem Frühstück traf sich der Gemeinderat zu einer eilig einberufenen Notsitzung. Die Gänse, die Valentine befreit hatte, kurz bevor ihr Käfig in Flammen aufgegangen war, kamen zur Frühstückszeit von alleine zurück an den Oststrand, wo die Feuerwehr sie einfing. Etwas später legte die erste Fähre des Tages im Lumpensander Hafen an. Dark Dönnerschlach ging von Bord.

32. Kapitel

Mittwoch, 19. August, 11.45 Uhr

Das Grüppchen, das ein paar Tage später auf der Terrasse des Kurhotels beieinandersaß, war so groß, dass der Kellner zwei Tische zusammenschieben musste. Zwei Sonnenschirme spendeten Schatten, ihr goldener Schriftzug funkelte im Licht. Darunter hatten Dark Dönnerschlach, seine Praktikanten Max Lüders und Valentine Uhudel, Nicola Mustermann, und Max' Vater Platz genommen. Ein Stuhl am Tisch war noch frei.

»Na, dann lasst uns mal anstoßen«, sagte Dark.

»Worauf denn genau? Es gibt ja eine Menge zu feiern, oder?«, fragte Valentine.

»Zum Beispiel auf unseren Nummer-Eins-Hit-Schreiber. Ich habe gestern gehört, wie »Ticket nach Lumpensand« gespielt wurde, als die Fähre einlief. Super Song, Nicola. Und die Leute haben alle mitgeklatscht.«

Nicola stieg die Röte ins Gesicht. Was sicher ein schönes Bild abgab, zusammen mit der lilafarbenen Sonnenbrille. Der Song-Wettbewerb. Daran hatte er nach den Ereignissen der letzten Tage gar nicht mehr gedacht – bis AOL und Dönnerschlach die Sache in die Hand genommen und dafür gesorgt hatten, dass der rechtmäßige Sieger seinen rechtmäßigen Preis erhält. Jule, Tom und David – seine Band, die Hochdruckgebeats – waren am Telefon schier ausgeflippt. Am Wochenende würden sie nach Lumpensand kommen, dann sollte es noch eine richtige Preisverleihung geben. Mann, war Nicola stolz auf sich. Und nicht nur er!

»Ja, Nicola Superstar. Ich bin auch echt stolz auf dich.« Valentine knuffte ihn gegen die Schulter. »Darauf stoßen wir ganz sicher an. Herr Ober, noch eine Sanddorn-Limo, bitte!« Sie winkte dem Kellner. »Ach«, seufzte sie zu Max und Nicola gewandt, »wie soll ich daheim in Wien nur ohne dieses Zeug klarkommen? Ich bin schon richtig süchtig danach.«

»Wir schicken dir ein paar Flaschen nach«, grinste Nicola. »Wann geht dein Flieger überhaupt?«

»Morgen Nachmittag.«

»Schade«, sagte Max. »Du wirst uns fehlen.« Max sah zu Valentine, Valentine zu Max.

Nicola schüttelte den Kopf, aber er musste dabei grinsen. So wie es zwischen den beiden knisterte, hätte man eine Flutlichtanlage betreiben können! »Wo bleibt eigentlich AOL?«, unterbrach er schließlich die romantische Szene.

In dem Moment schob Arfst Okke Labersen seine Pausbacken ins Blickfeld, schälte sich umständlich aus seiner Windjacke und ließ sich auf den leeren Stuhl fallen.

»Sorry wegen der Verspätung. Das Interview mit dem Bürgermeister hat länger gedauert«, schnaufte der Blogger in die Runde.

»So? Was hat er denn so lange erzählt, der Bürgermeister?«, fragte Dönnerschlach und rührte seelenruhig in seinem rosafarbenen Himbeer-Shake.

»Krista Redder bleibt im Amt. Sie darf ihren Job behalten, obwohl sie für dieses ganze Spläsch-Desaster mitverantwortlich ist.« Labersen verzog verächtlich das Gesicht.

»Das darf ja wohl nicht wahr sein!«, rief Max.

»Man kann ihr nicht viel nachweisen. Das Gutachten, das sie damals vor der Genehmigung der Rutsche in Auftrag gegeben hat, ist angeblich völlig korrekt. Was Redder getan hat, ist zwar nicht in Ordnung. Aber auch nicht kriminell. Behauptet zumindest der Bürgermeister.« Labersen zögerte. Dann sagte er etwas leiser, sodass das Rentnerpaar am Nebentisch ihn nicht hören konnte: »Ich sage euch, irgendjemand auf der Insel muss sich sehr für Redder eingesetzt haben.«

»Aber wer tut so was?«, fragte Max' Vater. »Sie ist schuld daran, dass ganz Lumpensand Max für einen Brandstifter gehalten hat! Wer würde dieser Frau helfen?« Er schüttelte ungläubig den Kopf.

»Ich.« Dark Dönnerschlach sah Max' Vater direkt in die Augen. »Ich war das.«

»Onkel Dark! Warum?«, rief Valentine. »Die Frau muss doch bestraft werden!«

»Das wird sie auch«, erwiderte Dönnerschlach. »Ich habe ein Abkommen mit ihr geschlossen.« Er lehnte sich zurück und nahm einen großen Schluck aus seinem Glas.

»Ein Abkommen?« Max starrte seinen Chef ungläubig an.

»Ja«, sagte der. »Sie muss das Haus wieder aufbauen. Dafür werde ich nicht gegen sie aussagen. Was habe ich davon, wenn die Frau ihren Job verliert? Dann würde es nie eine neue Schutzstation geben. Womöglich würde Krista dann sogar aus Geldnot das Grundstück verkaufen, und wer weiß, wer der nächste Besitzer wäre.«

»Aber du bist doch der rechtmäßige Besitzer. Nur wegen dieser Verbrecherin hast du dein Erbe nicht bekommen! Das Grundstück, das sollte doch eigentlich dir gehören! So wollte es der alte Niels Redder!«

»Liebe Vally«, seufzte Dönnerschlach. »Das stimmt. Aber ich brauche kein Erbe. Ich will Vögel beobachten, das Geheimnis der Schietstürme ergründen und nicht Großgrundbesitzer sein. Das könnte ich mir außerdem gar nicht leisten. Dafür soll jetzt mal schön die Krista blechen.«

»Wenn Krista Redder nicht zur Rechenschaft gezogen wird, werden alle denken, Joe Blank sei der einzige Bösewicht in dieser Geschichte!«, protestierte Labersen.

»Das stimmt leider«, sagte Dönnerschlach ernst. »Aber es ist der einzige Weg, die Schutzstation zurückzubekommen.«

»Und, ähem«, hüstelte Labersen, »ich nehme an, die Öffentlichkeit soll von den Einzelheiten dieser Abmachung nichts wissen.«

»Sehr richtig, AOL, das darfst du so natürlich nicht schreiben. Das darf niemand wissen!«, sagte Dönnerschlach bestimmt. »Aber du kannst ruhig veröffentlichen, dass Krista Redder die Schutzstation wieder aufbauen wird, und dass die Vogelschützer einen günstigen Mietvertrag erhalten werden. Einen überaus günstigen sogar. Im Herbst wird das neue Gebäude eingeweiht. Darüber gibt es schon einen schriftlichen Vertrag. Er liegt übrigens bei unserem Anwalt auf dem Festland gut geschützt in einem feuerfesten Safe. Aus Sicherheitsgründen, falls es mal wieder brennen sollte.«

»Nein!« Das war Max. Alle sahen ihn an.

»Das läuft nicht«, sagte er. »Nicht mit mir.«

Wie meinte er das?

»Wie meinst du das?«, fragte Nicola.

»Wenn Krista Redder will, dass wir Kinder dichthalten, muss sie mit uns auch einen Vertrag schließen«, erwiderte Max bestimmt. »Wir geben nicht so einfach klein bei.«

»Oha, Maxi! Und was soll da drin stehen, in dem Vertrag?«, fragte Valentine sanft.

»Ich fordere, dass sie für den abgebrannten Baum drei neue pflanzt. Nein, besser zehn. Und außerdem will ich, dass sie sich dafür einsetzt, dass auf Lumpensand etwas Neues gebaut wird. Es soll aber am westlichen Ende der Insel stehen, irgendwo hier im Ort. Jedenfalls weit weg von der Schutzstation. Und es soll auf keinen Fall länger als 30 Meter sein.«

»Und was für ein Ding soll das werden?« Nicola verstand nicht.

»Was wohl – eine Wasserrutsche!«, lachte Max.

»Eine Mini-Spläsch!«, rief Valentine aufgeregt.

»Genau, und zwar eine, die Spaß bringt statt Ärger.«

'ne krasse Wasserrutsche,
durch die ich voll flott flutsche,
und mich dabei aufputsche,
weil ich Erdbeereis lutsche …

Nicola sprang von seinem Stuhl auf und machte ein paar Tanzschritte. Er wusste sofort, dass dieser Reim gut genug für einen Song war. Und obwohl er von dem Lied erst den Anfang kannte, spürte er, dass es sein nächster großer Hit werden würde.

Epilog

Johannes Blank musste die Ehrenbürger-Nadel der Insel zurückgeben. Im Moment lebt er in einem Hamburger Gefängnis. Dort verbringt er viel Zeit in der Bibliothek, gebeugt über einen Atlas. Mit dem Zeigefinger fährt er dann die Nordseeküste entlang und murmelt leise die Namen der Inseln vor sich hin, auf der Suche nach dem nächsten Bauplatz für seine Spläsch-300.

Krista Redder überstand die Wasserrutschen-Affäre ohne größeren Schaden für ihr Ansehen. Dem Bürgermeister schlug sie den Bau einer Mini-Rutsche am Weststrand vor. Der Antrag wurde auf der nächsten Gemeinderatssitzung einstimmig angenommen.

Dark Dönnerschlach und sein Team bezogen im Herbst die neue Vogelschutzstation. Auf dem modernen Flachdach befindet sich eine Aussichtplattform zur Vogelbeobachtung. Was fehlt: Moderne Labortechnik zur Untersuchung von tierischen Ausscheidungen. Kein Wunder, Dönnerschlachs Team war von der Experten-Tagung in Hamburg ziemlich ernüchtert heimgekehrt. Nicht einmal die besten Vogelkot-Forscher hatten sich einen Reim auf das Verhalten der Lumpensander Krabbentaucher machen können. Dönnerschlach ließ noch einige Wochen Kotproben sammeln und untersuchen. Dann gab er das Projekt auf.

Als wären die Vögel enttäuscht, nicht mehr im wissenschaftlichen Rampenlicht zu stehen, nahmen ihre Attacken in den folgenden Monaten merklich ab und endeten im Frühling vollständig.

Copy und Paste zogen nicht mehr mit um in die neue Station. Sie wurden im Garten der »Villa Wattwurm« gepflegt, bis sie vollkommen wiederhergestellt waren und Anfang Oktober mit ihren Artgenossen gen Süden flogen.

Max Lüders wurde ein bisschen wehmütig, als er die Gänse fliegen sah. Allerdings plante er selbst eine Reise: Mit zwei Taschen voller Sanddorn-Limonade fuhr er gleich zu Beginn der Herbstferien zum Hamburger Flughafen. Von dort ging es weiter nach Wien.

Valentine Uhudel zeigte Max seinen ersten Eisvogel, als sie auf der Donauinsel Hand in Hand spazieren gingen. Danach meldeten sich beide für ein weiteres Praktikum bei den Lumpensander Vogelschützern an.

Nicola Mustermann betrauerte seine verbrannte Gitarre nur kurz. Bei der Siegerehrung des Wettbewerbs »Dein Song für Lumpensand« überreichte der Bürgermeister ihm eine nagelneue. Sie reiste mit ihm zurück nach Hamburg, wo Nicola immer noch nach dem fehlenden Reim auf »trübe Tassen« sucht.

Arfst Okke Labersen tauschte nach einer kleinen Modeberatung durch Vally seine Sandalen gegen ur hippe Sneaker und schenkte die Windjacke seiner Mutter. Die Ereignisse des Sommers schrieb er auf. Der Titel des Buches: »Krabbentaucherkacke! Oder: ein Sommer auf Lumpensand«.